1日10分のときめき

NHK国際放送が選んだ日本の名作

石田衣良 恩田陸 川上未映子
津村記久子 松田青子
宮部みゆき 森絵都 森浩美

双葉文庫

1日10分のときめき

NHK国際放送が選んだ日本の名作

1日10分のときめき　NHK国際放送が選んだ日本の名作

もくじ

出発

石田衣良

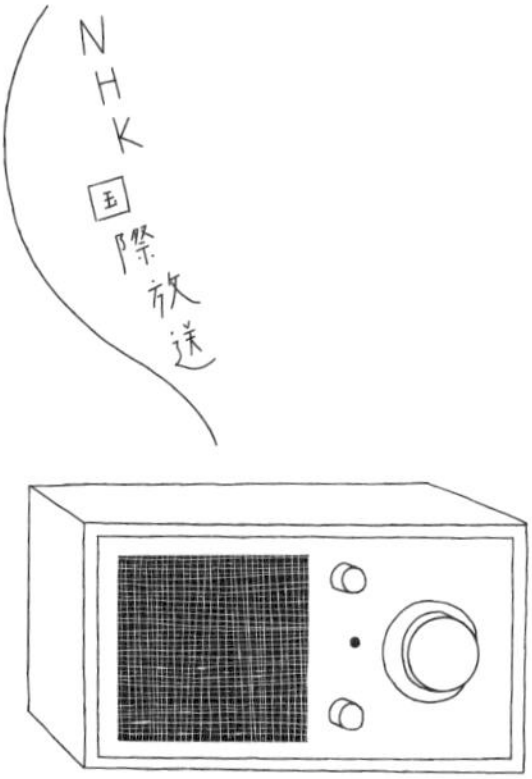

2021年12月18・25日、
22年1月1日初回放送

石田衣良（いしだ いら）

1960年東京都生まれ。97年『池袋ウエストゲートパーク』でオール讀物推理小説新人賞を受賞しデビュー。2003年『4TEEN』で直木賞、06年『眠れぬ真珠』で島清恋愛文学賞、13年『北斗 ある殺人者の回心』で中央公論文芸賞を受賞。主な著書に『不死鳥少年 アンディ・タケシの東京大空襲』『心心 東京の星、上海の月』『禁猟区』や、「池袋ウエストゲートパーク」シリーズなど。

がたりと玄関から物音がした。

川西晃一《かわにしこういち》は布団のなかで目を覚ました。枕もとの目覚まし時計に目をやる。五時十五分、まだカーテンに朝日はさしていなかった。泥棒かもしれない。

「おい、起きろ。玄関に誰かいるらしい。ちょっと見てくる」

となりの布団で、妻の亜紀子《あきこ》がこちらを見ていた。また苦しい夢でも見たのだろう。起きたとたんに眉《まゆ》のあいだに深いしわが刻まれている。もっとも更年期障害を訴えるようになってから、妻の表情は晴れたことがなかった。体調が悪い、腰が痛い、身体《からだ》が火照《ほて》ると不定愁訴《しゅうそ》ばかり口にしている。

浅い春で、夜明けは冷えこんでいた。晃一はパジャマのうえにフリースを着こんで、足音を殺し玄関にむかった。コンクリートのたたきの隅には、こんなときのためにひとり息子の遼治《りょうじ》が中学の遠足で買ってきた木刀が立てかけてある。

晃一は薄黒く時間の染みた木刀を手にして、サンダルをはいた。玄関の扉は和風の引き戸で、曇りガラスが中央にはめこまれている。鍵《かぎ》はきちんとかかっていた。

「いったいこんな時間に誰だ」

いつまでも若いと思っていた自分も、もう五十一歳である。体力の衰えは自覚していた。廊下にはカーディガンを羽織った亜紀子が震えながら立っている。恐怖を見せるわけにはいかなかった。もう一度、さらに腹の底に力をいれて、叫んだ。

「うちには財産などないぞ。もの盗りなら、よそにいけ」

冷たい汗で手のなかの木刀が滑った。引き戸のむこうから返事はない。口がきけないのか、それとも日本語がわからない人間なのか。晃一が一歩踏みだしたとき、ががらと扉が鳴った。

「きゃー！」

妻が背後で悲鳴をあげていた。晃一も総毛だっている。曇りガラスのはまった格子になにかがあたりながら落ちていく音だった。

「何者だ、貴様」

晃一の腰は引けていたが、声だけはおおきかった。そのまま一分間、木刀を正面にかまえて固まったまま、玄関の外の様子を探った。なんの動きも見えず、音もきこえない。不審な人物はいってしまったのだろうか。晃一は引き戸に近づき、鍵のうえについたのぞき穴に目をあてた。数歩分しかない短いアプローチの先に、開きっ放しのアルミの門が見えた。人の姿はない。

勇気を奮い起こして鍵をはずし、ゆっくりと引き戸を開いた。夜明けの冷えた空気が素足に流れこんでくる。玄関先には誰もいないようだ。晃一は振りむいて、妻に声をかけようとした。

「まったく人騒がせな……」

亜紀子が素足のままたたきにおりてきた。叫んでいる。

「遼治、あなた、遼治でしょう」

妻は夫を押しのけ、玄関まえにしゃがみこんだ。晃一もようやく気づいた。黒いダウンジャケットを着た青年がそこに倒れていた。かなり着古したもののようだ。肩と腰のところに同色のガムテープが貼られていた。きっと穴でも補修したのだろう。妻が息子を揺さぶっていた。

「遼治、起きなさい。どうしたの、なにもいわずに」

晃一も倒れている遼治のわきに座りこんだ。額を地面につけたまま、意識を失っているようだ。首筋に手をあてた。心臓は動いているが、身体はひどく冷たい。顔色も玄関先のコンクリートと変わらなかった。

「とりあえず、部屋にあげて布団に寝かせよう」

亜紀子は変わり果てた息子に涙を流していた。両脇に腕をさしいれて、晃一は自分よりも背の高い息子を引きずった。意外なほど、軽い身体だった。まだ二十代なかばなのに、なにをたべているのだろう。苦労して玄関にあげ、居間に運びこんだ。遼治の部屋は昔のまま二階にあるのだが、さすがにひとりでは階段を担ぎあげられなかった。

亜紀子はおろおろとして、なにをしていいのかわからないようだった。

「遼治が死んでしまう、うちの子が死んで……」

「いいから、布団を敷いてくれ」

肩で息をして、晃一は息子の身体を畳のうえに横たえた。穴が開いているのはダウンだけではなく、ジーンズも同じだった。全身が泥と土ぼこりにまみれている。

「救急車を呼ばなくちゃ」

「そんな恥ずかしいことができるか。しばらく様子を見よう」

晃一は亜紀子の敷いた布団に上着を脱がせた息子を寝かせた。毛布をかけ、居間のエアコンの暖房を最強にした。先ほどふれた身体は氷柱《つらら》のように冷たかった。不景気とはいえ、豊かな現代に行き倒れになることがあるのだろうか。晃一は腕を組んで布団の横に正座し、なすったように頬《ほお》に泥をつけた息子を見つめていた。


遼治は川西家期待のひとり息子だった。

晃一は父としてやれることはすべてやってやるつもりだった。誰にも迷惑をかけない、礼儀正しい子ども。よく本を読み、自分からすすんで疑問を解決できる子ども。当然ながら、成績は飛び抜けてよくなければならない。小学校までの遼治は、晃一の自慢の種だった。どの学年でもクラス委員を務め、六年生では全校を束ねる児童会の議長になった。やさしく思いやりがあり、学校の成績がいいだけでなく、自分の頭できちんと考えることのできる男の子だった。

このままいけば、どこまで伸びていくのだろうか。晃一にそう期待させた遼治は、中学にはいってから変わってしまった。なにかと親に反抗するようになり、ろくに家では口もきかず、親と目もあわせなくなった。きっかけは中学受験の失敗だった。晃一は遼治の実力よりも、二段も三段も高い偏差値の中高一貫校を無理やり受験させたのだ。

「口先だけなら、なんとでもいえる。だが、日本の社会は学歴がものをいうのは事実だ。その後の一生を考えるのなら、会社は大企業でなければダメだ」

東証一部上場の住宅メーカーに勤める晃一には、密《ひそ》かな誇りがあった。おおきな仕事をして、人なみ以上の給与を得るには、大企業にいかなければならない。そのためには一流の大学で学ぶことが欠かせない。

中学受験に失敗して、ますます勉強に熱をいれさせようとする父親と、自我の目覚めを迎えた息子。反抗がいつしか、とり返しのつかない拒絶になるのに、時間はかからなかった。

亜紀子がぬるま湯で絞ったタオルで、遼治の顔を清めていた。父親とは違って神経質そうな顔をしている。きっと更年期うつに悩む母親似なのだろう。

「こんなにやつれてしまって、かわいそうに……あなたが遼治に厳しくしすぎるから」

「わたしのどこが厳しかったんだ。見てみろ、世のなかのほうがずっと遼治には厳しいはずだ。あちこちの工場で、いいようにつかわれて。こいつは負け犬だ。尻尾《しっぽ》を巻いて逃げ帰ってきた負け犬だ」

遼治は普通高校を卒業したが、大学にはいかないといい張った。好きなゲームや音楽の世界で生きていくという。才能もないくせにむりな夢を見るなと、晃一は厳しくはねつけた。自分で派遣先をみつけてくると、遼治は工場の寮にはいるといって、家をでていった。それから五年間。妻にはちょこちょこと連絡をいれていたようだが、晃一にはひと言もなかった。正月でも夏休みでも、家に帰ってきたことはない。まとまった休みは働いてためた金をもって、タイやインドネシアやベトナムなどアジアで貧乏旅行をするのが趣味だという。未来を考えない、道楽三昧《ざんまい》の生活だった。

「負け犬って、なんですか」

亜紀子の声は低いが、迫力があった。

「自分の息子によくそんなことがいえますね」

「当然だ。こいつの顔を見てみろ。いい年をした大人が栄養失調で倒れる。つらくなったら生家に頼るなど、負け犬のすることだろう」

息子のことが心配でたまらなかったが、晃一にはそんな言葉しか口にできなかった。亜紀子は口をとがらせたが、ひと言もいい返さなかった。夫婦の会話はいつも一方的である。遼治は苦しげに寝息を立てていた。かさかさに乾いた唇が紫になっている。

「わたしはそろそろ出勤の準備をする。もう眠る気になれないからな。朝飯にしてくれ。ついでに、遼治におかゆでも煮てやったらどうだ」

のろのろと亜紀子が動きだした。台所から水音がきこえたのは、数分後のことである。この何年か妻の動作は老人のように遅くなっていた。晃一は腕を組んだまま、しばらくひとり息子の眠る布団の横に座っていた。

眠っている横顔に、どうしてもかわいい盛りだった小学生時代の息子を重ねてしまう。自分はなにを間違ったのか。なぜ、この子は素直に親のいうことをきけずに、危険で損をする道ばかり選んでいくのか。無数の疑問が頭を去らなかった。

晃一の住む郊外の住宅地から、東京八重洲《やえす》にある勤め先までは一時間と十分かかった。中央線一本でいけるので、時間はともかく、通勤はさしてつらくはない。だいたい人が生きていくためには毎日会社にかようのがあたりまえなのだ。通勤程度で文句をいってはいられなかった。

自社ビルの六階にある人事部で、窓を背にして座った。晃一は長らくリクルート課で新卒者の採用を担当している。部長は四歳うえの五十五歳、順当にいけば来年には取締役にあがることだろう。晃一の役職は四人いる部長補佐で年功の順では、三番目ということになる。この会社でも中高年の社員数に対して、ポストは足りなかった。

よく晴れた八重洲のビジネス街は、なかなかの見物《みもの》だった。不景気は間違いないが、東京都心ではいまだにオフィスビルの建設ラッシュが続いている。春の晴れた空のした、すっきりとデザインされたガラスと金属のビルが立ちならぶ光景は、洋画のオープニングの空撮シーンのようである。

だが、その場面を背にして、執務を始めた晃一には仕事がなかった。昨年来の金融危機で、住宅の着工数は激減している。今年は早々に新卒採用はゼロと重役会議で決定されたのだ。こんなことは十年以上まえの山一ショック以来なかったことだった。前年度にはたいへんな売り手市場で、晃一自ら各大学の就職課にでむき、いい学生の紹介を頼んでまわったのである。たった一年で経済は、奈落《ならく》の底まで落ちている。今年は大学のほうから推薦がたくさん集まったのだが、すべて断ることしかできなかった。大学の就職課には気心のしれた人間も何人かいるので、それは気の重い仕事である。

経済新聞を読み、すでに目をとおした報告書を再度ていねいに読んだ。今日は会議もないし、外まわりの用事もない。さて、どうやって時間を潰《つぶ》そうか。迷っていると、机の電話が鳴った。

「はい、川西です」

「ああ、今日の午後は空いているか。四時から緊急のミーティングがあるんだが、どうしてもはずせない用件がある者以外は、出席してほしい」

人事部長の平本《ひらもと》だった。

「わかりました。場所はどちらですか」

「最上階の催事室だ。人事部の四十代以上の人間にも、同じことを伝えておいてもらいたい」

「はい、失礼します」

晃一は近くにいる部下に声をかけた。

「緊急のミーティングだ。四十代以上の人間は、マストで出席してくれ。今席を離れている連中にも必ず連絡しておくこと、わかったか」

まだ三十代初めの主任が顔をあげた。

「了解です。でも、この時期緊急ミーティングって、なんですかね」

「わからない。うちの社長お得意の精神的な底力の話じゃないか。この危機を全員で一丸となってのり切ろう。まあ、よくわからないがな」

晃一は経済新聞に目をもどした。昨年十月から春までに失職する非正規社員十五万八千人、正社員九千九百人。内定の取り消しは千五百人を超えるという。これはひどい事態だ。だから、遼治にはいっていたのだ。いつまでもフリーターではいけない。どこでもいいから、大企業に正社員として潜りこめ。

晃一は新聞をコピーして、その記事を切り抜き、雇用情勢や採用関連の記事が集められたスクラップブックにていねいに貼りつけた。

最上階は二十二階だった。窓の外には改装されたばかりの東京駅八重洲口とたくさんのホームが見えた。日本有数のビジネス街に夕日があたり、透明なオレンジ色の幕がかかっている。カーペットの敷きこまれた催事室は、本来パーティ用の部屋だった。天井高は通常の二階分あり、豪華なシャンデリアがさがっている。

体育館ほどもあるフロアにびっしりとパイプ椅子がならんでいた。四時数分まえに、ほぼ席は埋まっている。こうして見ると、やはり日本の会社は男性中心だった。四十代以上では、女性の数は二割にも満たない。

正面にあるステージには、社長と取締役が三人、同じパイプ椅子に一列になって座っていた。人事部長の平本があらわれて、演壇のマイクにむかった。

「では、緊急ミーティングを始めます。まず最初に鶴岡《つるおか》社長の挨拶《あいさつ》です」

小柄だが、異様なエネルギーを感じさせる男だった。六十五歳をすぎて、愛人がふたりいるという噂を納得させる磁気がある。甲高い声で社長が語りだした。

「昨今の世界金融危機が波及して、日本の実体経済も激烈な下降圧力を受けています」

おや、おかしいなと晃一は思った。強気の社長らしくない、抑えたスタートだ。

「わが住宅業界も新規着工件数が前年比で二桁《けた》落ちている。この危機がいつ底を打つのか予想もできないのであります」

そのまま社長は国際的な同時不況と自社のおかれた厳しい立場を話し続けた。いつ普段どおりの根性論がでてくるかと思ったが、そのまま尻《しり》すぼみで挨拶は終わってしまった。しだいに最上階のパーティルームを満たした中堅社員たちがざわつきだした。晃一も感じていた。なにかよくないことが起きようとしている。人事部長がでてきていった。

「続きまして、緊急ミーティングの本題にはいりたいと思います。みなさん、心しておききになってください。では、源《みなもと》取締役、お願いします」

源は総務と人事担当の専務だった。薄くなった頭をさげて、口を開いた。弔辞を読むような重苦しい口調である。

「わが社では役員報酬をカットし、派遣社員も雇い止めにしました。それでも新規の仕事は激しく減少を続けるばかりであります。ことここにおよんで、正社員の解雇を避けるための万策が尽き果てました。今日お集まりいただいたのは、新たに創設した早期退職者制度への募集をおこなうためであります」

腹の底からでたうめき声が低く会場を満たしていった。晃一もうわの空である。そこまで会社が追いつめられているとは思わなかった。第一、早期退職者のための新制度など、人事部の自分でさえ初耳なのだ。よほど極秘裏に、おおあわてでつくられたに違いない。

源専務の話はそれから十五分ほどかかったが、晃一の記憶にはまったく残っていなかった。それでも問題はなかったのである。会場を離れるとき、集められた中堅社員ひとりひとりに、新制度の詳細が書かれた数枚の文書が手わたされたからである。

退職金の割増は、基本給の二十八カ月分だった。会社として精いっぱいの数字だろう。その場にいた二百人のうち、リストラ退職が百人、残る百人は子会社への転籍という形をとり、給与はかなりさがるという。いくも地獄、残るも地獄だった。

背中を丸めて会場をでる晃一の心は重かった。危険なのは非正規の社員だけでなく、自分のような正社員でも同じだった。自分だけは安全な砦《とりで》にいると信じていたのに、嵐のなかその砦から追われようとしている。エレベーターのなかでは、誰ひとり軽口をいう者はなかった。自分の感じたことは間違いではなかった。専務の話は、あの会場にいた社員たちを送る弔辞だった。

その夜、晃一は残業せずに帰宅した。疲れているのに、食欲はまったくない。面接を控えていたからである。会場に集められたリストラ予備軍全員に、後日の個人面談が待っていた。二週間以内に四十代以上のすべての社員に個別で早期退職をすすめるという。人事部にもどると一気に部内の空気が冷えこんでいた。若手社員は中堅の先輩と目をあわせようとしない。晃一は定時までなにをしていたのか、記憶になかった。それは帰り道も同じである。自分が電車にのったことさえ、覚えていなかった。

無言で玄関の引き戸を開けた。ガラスには泥をなすったような跡が残っていて、朝の遼治の様子がよみがえってきた。あの緊急ミーティングの衝撃で、ひとり息子のことなどすっかり忘れていたのだ。玄関の物音をきいて亜紀子がやってきた。

「お帰りなさい。あのあと遼治を医者に連れていって診てもらったの。なんだったと思う?」

妙に華やいでいるのが、気にさわった。なにもいわずに革靴を脱ぎ、玄関をあがった。遼治のスニーカーはぼろぼろで、つま先に穴が開き、元の色がわからないほど色あせていた。うれしそうに妻がいった。

「それがね、極度の疲労と栄養失調なんですって。最近では、こんなことめずらしいって、先生にいわれたわ」

父親から終戦直後の混乱期の話はきいたことがあった。だが、実際に晃一が飢えで倒れる人間を見たのは、遼治が初めてである。六十年たって時代がまたひとめぐりしたのだろうか。

「そうか。遼治はどこにいる?」

「うえの部屋で横になって休んでいるの。あの子、名古屋から十日近くかけて、野宿しながら歩いてきたんだそうよ」

さすがの晃一も驚いてしまった。

「なにっ、あいつは電車賃ももってなかったのか」

亜紀子が首を横に振った。

「なかったんですって。もう江戸時代みたいに歩いて帰るしかない。そう決心して、コンビニで賞味期限切れのお弁当をもらっては、公園の水をのみながら、家まで帰ってきたのよ。男の子って、いざとなるとすごいものね」

情けなくて、泣きそうになった。川西家のひとり息子が、コンビニで腐るまえの弁当を恵んでもらう。一年まえまではそんなことが想像できただろうか。息子は野宿で飢え、親はリストラ要員に指名される。これが世界第二位の経済大国の姿なのか。薄暗い廊下で晃一は全身の震えを抑えることができなかった。

半世紀をわずかに超える人生のなかで、これほど恐ろしい目にあったことはなかった。この家はどうなるのだろうか。自分と息子の未来がまったく見えなかった。

夕食のおかずはまた近所のスーパーの惣菜《そうざい》だった。

更年期うつの亜紀子には台所仕事が困難なのだ。みそ汁とあたたかいごはんを用意するのが限界で、あとは出来あいのおかずをなんとか食卓にならべるだけである。晃一は腰をおろすといった。

「遼治は?」

亜紀子がおどおどと夫に目をやった。

「今はあんまり食欲ないって。夕方におかゆたべたから」

一瞬晃一も迷った。だが、ここで引いてしまえば、すぐに家庭内別居の状態になってしまうのではないだろうか。

「遼治を呼んできてくれ。たべてもたべなくてもいいから、食事のときは顔をだすようにとな」

妻が暗い顔をして、階段をのぼっていった。しばらくして、さあさあという声がうえからきこえてきた。亜紀子に背中を押されて、青い顔をした遼治がやってきた。風《ふ》呂《ろ》にはいって、ジャージに着替えている。それだけでも見違えるようだ。

「お帰り、おやじ」

目を伏せたまま、ひとり息子はそういった。五年ぶりの挨拶である。晃一も目をあわせられなかった。

「ああ、おまえもよく帰ってきたな」

お椀《わん》をとり、みそ汁をすすった。亜紀子が調子はずれの高い声をあげた。

「あら、遼治のお椀がないわね。今、用意するから」

台所にいってしまう。八畳の茶の間には父と子だけが残された。遼治がいった。

「いきなり帰ってきて、ごめん。一月に明日から仕事はないといわれて、名古屋のほうで何件か求職活動をしていたんだ。でも、どこも全滅で……もち金が底をついて、どこにもいくあてがなくなってしまった」

しぼりだすような声である。昼間リストラの話を会社からきいたばかりの晃一には、そのときの遼治の驚きが想像できた。人を採るときはあれほど慎重な企業も、切るときはなんのためらいもない。だが、会社で三十年近く働いてきた晃一にはわかっていた。それは人の身体でも同じなのだ。おおきな怪我をすれば、手足の血流は抑制され、冷たくしびれてくるだろう。命の資源は生き残りのため胴体中央部に集められるのだ。そうなると、遼治と自分はいつ切り捨てられてもおかしくない手足の末端だったのだろう。

「この二日間くらいはお腹が空《す》きすぎて、歩いていて幻を見たよ」

「どんな幻なんだ」

遼治がじっとこちらを見つめてきた。

「だいたいは学生時代の友達や、派遣先の同僚だったけど、おやじもおふくろもでてきたよ。今より十歳も若い、ぼくが子どものころの姿だった。びゅんびゅんトラックが走っていく国道わきの歩道の先に、ふたりが立っている。おふくろはいうんだ。早くこっちにきなさいって」

夕食がうまくのみこめなかった。味もよくわからなくなる。晃一は口のなかにたべものを詰めたままいった。

「わたしはなにもいわないのか」

「うん、なにもいわなかった。ただ先に立って、どんどん歩いていってしまうだけだ」

「そうか」

遼治の目が赤くなっていた。

「怖かった。きっとぼくはもう死ぬんだと思った」

そのとき台所から茶碗《ちゃわん》とお椀をもって、亜紀子がやってきた。遼治はあわてて指先で涙をぬぐった。亜紀子が晃一をにらんだ。

「あなた、遼治を責めるのはやめてくださいよ。まだ体調だって、本調子じゃないんだから。ついさっきまで点滴打ってたのよ、この子は」

面倒なので返事はしなかった。遼治はおどけたようにいった。

「でも、なにもたべずに二日間も歩いていると、だんだん身体がしびれてくるんだね。ふわふわと雲のなかでも歩いてる感じだった」

亜紀子が夕食に加わった。明るい声でいった。

「あなた、想像できる？　この子ったら、うちについたとき二十六円しかもっていなかったのよ。大の大人が二十六円なんてねえ。笑ってしまうわ」

実際に亜紀子は笑い声をあげてみせた。晃一にはその小銭が腹にこたえた。自分たちの世代よりも、子どもたちのほうがより豊かに暮らせる世のなかをつくろうと、戦後の日本は必死に努力してきたはずだった。それが幾世代かすぎるうちに、こんな結果になってしまった。大卒の晃一の息子は高卒で、正社員にもなれず、十円玉を二枚ポケットにいれて、飢えて街をさまよっている。誰が悪いわけでもないのだろうが、納得はできなかった。

「それで、遼治はどうするつもりなんだ」

ため息をついて、ひとり息子はいった。

「わかってるよ。いつまでも、この家に世話になるつもりはないんだ。東京で仕事を探してみる。選ばなければ、なにかあると思うんだ」

「そうか、わかった。がんばってみろ」

亜紀子が悲鳴のような声をあげた。

「なにいってるの。ちゃんと休んで体力をもどさなくちゃダメよ。うちのほうは遼治がいくらゆっくりしていってもいいからね。ねえ、あなた、そうでしょう?」

晃一はなにもこたえなかった。働くのは面倒なルーティンである。一度怠けてしまえば、元にもどるのは困難なのだ。それよりも自分はこれからどうすればいいのだろうか。この様子では妻にも、遼治にもリストラの話などとても口にできなかった。

みそ汁と白い飯《めし》だけ腹に収めて、晃一は風呂場にむかった。ひとりきりになりたい。ゆっくりと考えたい。結婚生活では孤独ほどの贅沢《ぜいたく》はなかった。


数日後、人事部に同期の佐々木《ささき》が顔をだした。資材調達部の同じく部長補佐である。

「ちょっといいかな」

晃一には仕事はなかった。部下に声をかけて、社内のカフェテリアに移動した。佐々木は人のいない端のテーブルを選んだ。声をひそめていった。

「悪いな、同期のよしみで今回のリストラ策について教えてくれないか。川西は人事だろ、すこしは情報がはいっているはずだ。会社に残った場合の待遇についてなんだが」

このところ、他部署の友人から同じ質問をよく受けていた。

「公式に発表された条件以外は、こちらもよくわからない。子会社に転籍して、そこから本社に派遣される形になる。一律給料は三割カット。そんなところじゃないか」

二十年以上働いてきた正社員が紙切れ一枚にサインをするだけで、派遣になる仕組みだった。遼治のことは笑えないなと、苦い気分で思った。すると佐々木が意外なことをいった。

「おまえのところはいいな」

「なにがだ？」

腕組みをして、佐々木がいった。

「遼治くんだっけ、もう社会人になっているんだろ。住宅ローンももうほとんど終わっているはずだよな」

あの一軒家のローンはあと三年を残すだけだった。二十年以上もよく払い続けたものである。佐々木は苦しげな顔をした。

「うちの子どもたちはまだ中学二年と小学五年だ。これから教育費がかかるってときに、給料三割カットか。公立以外の学校にはもうやれないな。住宅ローンもまだ十年残ってる。今にして思えば、もっと早く結婚して、マンションを買っておけばよかった」

確かにその点では、自分は恵まれているのかもしれない。ここでも無職の息子のことは口にできなかった。年をとるというのは、どこにいっても口にできないようなことが増えていくことなのだろうか。晃一はいった。

「まったく会社もうまい手を考えたものだ。うちみたいな一部上場から中小企業に転職すれば、だいたい二割から三割の賃金ダウンになる。この会社に残りたいなら、中小と同じ給料をのめというんだからな」

「くそっ、足元を見やがって。吉田《よしだ》の話をきいたか」

吉田は若いころは設計部の花形で、いくつか建築賞を獲《と》っていたが、上司との折りあいが悪く、出世は同期のなかでも遅れがちだった。

「あいつがうちに見切りをつけて、転職活動を始めたそうだ。大手はどこも採用はしていないが、中小企業をあたると意外に求人が多かったそうだ。このままうちに残っても、絶対に安泰とはいえないしな。退職金割増をもらってつぎの会社にかけるか、うちに残って不景気がすぎるのを待つか。悩ましいところだ」

晃一も心のなかでため息をついた。状況はまったく同じである。五十をすぎた転職が困難なのは、想像するまでもなかった。そのとき倒れていた遼治の姿を思いだした。

「忘れてはいけないことがひとつある。この会社に残るといっても、立場は派遣社員になるんだ。中核的な業務はもうまかせてもらえないだろうし、さらに不況が長引けば今度は簡単に首を切りにかかるだろう。そのときには……」

佐々木がばしんとテーブルをたたいた。遠くの席から若い社員が恐るおそるのぞきこんでくる。

「わかってるよ、当然退職金の割増はないというんだろ。ふざけやがって、人のことをなんだと思っているんだ」

この状況は誰のせいでもなかった。佐々木にも、会社にも罪はない。この不景気が二年三年と続くなら、いくらリストラに必死になっても、会社は立ちゆかなくなるだろう。自分は倒れた息子を見て、負け犬だといった。だが、一部上場企業の正社員という自負をもって懸命に働いてきた自分たちが、気がつけば負け犬になっている。

「川西は落ち着いているな。おまえは、これからどうするんだ」

しばらくなにもこたえられなかった。窓の外のまぶしいオフィス街を見つめて、晃一はようやくいった。

「わからない。こちらも悩んでいるところだ」

そのときちらりとこの景色を見られるのも、長くないかもしれないと晃一は思った。

個人面談を翌日に控えた水曜日だった。夕食の席で、遼治がいきなりいった。

「ハローワークにいってきたよ」

「そうか」

「サービス業のアルバイトなら、けっこうあるみたいだった。どこも時給が八百円くらいだけど」

亜紀子ははらはらしながら父と息子を眺めているようだ。

「えらいね、遼治。まだ身体のほうが本調子じゃないのに」

晃一は妻を無視していった。

「直接雇用の正社員はどうだった」

「そちらはあまり多くない。あっても、特別な資格とか技術を必要とするものばかりだ。ぼく高卒だし、製造業のラインでずっと働いていたから、手に職はない」

晃一は食欲がなかった。炊き立ての飯にお茶をかけて、スーパーのぬか漬けですすりこむ。いくつになっても、こんなものが一番うまいのだから、思えば安あがりな人間である。

「なんですか、あなた。行儀の悪い」

遼治はほとんど食事に手をつけなかった。

「……このまえぼくは玄関で倒れたよね。あのとき、おやじがいったことはきこえていたんだ。舌がしびれて返事はできなかったけど。負け犬っていってたよね」

亜紀子があわてだした。気のやさしいところはあるが、ささいな対立にも耐えられない妻だった。

「いいじゃないの、そんなこと。お父さんの口が悪いのは、遼治もよくわかっているでしょう」

遼治は正座して、頭《こうべ》を垂れていた。判決を待つ罪人のようである。

「あのとき、わかったんだ。ぼくはほんものの負け犬だって。おやじのいうとおり適当な大学にいって、どこか大手の企業に潜りこんでおけばよかった。この世界には安全で得な生きかたがあって、それを選ぶのははずかしいことじゃない。つくづくそう思った。ぼくは力もないのに、厳しい道ばかり選んでいた。その結果がこれだよ。完全な負け犬だ」

晃一は最上階の一室に集められた中堅社員の顔をつぎつぎと思いだした。遼治が負け犬なら、不安げな顔をしてあそこにならんだ面々もみな負け犬だった。佐々木も、自分も当然同類である。茶碗《ちゃわん》と箸《はし》をおいて、正面からひとり息子を見つめた。自分でもなにをいっているのかわからずに、いきなり晃一は口にしていた。

「おまえが負け犬なら、わたしも負け犬だ」

ゆっくりと食卓に頭をさげた。そのとき胸のなかに、なにかがすとんと落ちてきた。この数日ずっと悩んでいた問題のこたえである。正しいか間違っているかはわからなかった。ただ自分がそちらを選ぶのだと納得できただけだ。

「どうしたんですか、お父さん」

亜紀子がわけもわからずに叫んでいる。晃一はかまわずに続けた。

「亜紀子も、遼治もきいてくれ。うちの会社で厳しいリストラが始まった。子会社に転籍して給料を大幅にカットされるか、二十八カ月分の退職金割増をもらって会社を去るか。どちらかを選べという。少々待遇は手厚いが、やっていることは遼治の働いていた工場と変わらない」

呆然《ぼうぜん》としているのは亜紀子だった。

「そんなことがあったんですか、お父さん。あなたはいつもひとりで問題を抱えこんで、誰にも相談しないんだから」

「すまなかった。だが、わたしはこういう人間だから」

「それで、父さんはどうするの」

遼治が子どものころの呼びかたで父親を呼んだ。晃一の腹は決まっていた。

「会社を辞めることにした」

亜紀子が硬直していた。茶碗を胸に押しあて叫んだ。

「なんですって」

ふっと肩の力を抜いて、晃一は笑った。この数日間、ずっと緊張していたのだろう。三十年近く働いた会社を辞めるかどうかの決断なのだ。あたりまえである。

「もう決めたんだ。許してくれ。仮に残っても、今度は派遣社員だ。遼治と同じように明日からいらないといわれても、なんの文句もいえない。いい仕事もできなくなるだろう。だいたい派遣社員が新卒採用を担当するなど、おかしな話だ」

何日かまえに晃一がしたのと同じ質問を、今度は遼治が繰り返した。

「それで、父さんはどうするの」

「退職金の割増分でこの家のローンはきれいに終わると思う。あとはゆっくりとつぎの仕事を探すかな。おまえといっしょにハローワークにかようのも悪くないかもしれない」

遼治がはじけるように笑った。

「父さんがハローワーク」

「ああ、わたしも負け犬の一年生だからな」

仕事はきっとなんとかなるだろう。夫婦ふたりの生活を立てるだけの収入でいいのだ。もう高望みはしない。世間なみと自分を比べることもなかった。だが、人生の半分以上を終えてしまった自分と遼治は違った。

「遼治は、どうする?」

「どうもこうもないよ。なんでもいいから、仕事を探して稼がなくちゃ。この家をでなくちゃいけないしね」

もうこの展開についていけなくなったようだった。亜紀子は夫と息子の顔を交互に見ている。テニスの試合の観客のようだ。思い切って、晃一はいった。

「そのことなんだが……」

「なあに」

「そろそろ本腰をいれて、働くことを考えたらどうだ」

遼治が口をとがらせた。

「どういう意味？　ぼくは高卒だし、今どき一部上場の大企業で、中途採用なんて一件もないんだよ」

働くことには、誰でもプライドをもっている。そのことはリクルート関係の仕事をしていた晃一にはよくわかっていた。だが、これまでそれを自分の息子にはあてはめられなかったのである。期待していたし、心配もしていた。愛してもいた。自分よりもっといい仕事をして、素敵な女性と結婚して、豊かに幸福になってもらいたい。よい願いから生まれた強制が、こうして親子の関係をねじれさせてしまった。もうとり返しはつかないのだろうか。

「そんなことをいっているんじゃない。これ以上適当なアルバイトを転々として、若さをくい潰《つぶ》すことはないんじゃないか。遼治にはほんとうにやりたいことはなにかないのか。音楽やゲームでなく、さして華やかではなくても自分が一生をかけて悔いのない仕事はないのか」

晃一も真剣だった。人に夢をきくのは、本来自分の志と刺し違えるほどの重大事だったはずだ。いつから誰もが気安く夢を質問しあうようになったのだろうか。生きがいや仕事や夢は、手軽なアンケートの一項目ではない。十年二十年と胸に秘めて、ひそかに努力を続ける。それがたとえ指先だけでもほんものの夢に手をかけるということではなかったのか。

遼治は照れたようにうつむいた。ポケットのなかから、携帯電話を抜いた。飴《あめ》色の革でできたストラップがついている。

「ぼくは職人になりたい。もう誰かに命令されて、時間に追いまくられるんじゃなく、自分のペースで思う存分働いてみたい。この革を見てよ。もう三年つかってるんだけど、すごくいい色になってきた」

食卓のストラップを手にとった。型押しで、ＲＹＯＵＪＩと名前が刻まれていた。ローマ字をとり巻くように唐草《からくさ》の立体感のある模様が浮きあがっている。傷だらけだが、透明感のあるいい質感だった。

「友人のところで、職人を募集してるんだけど、そこは最初の二年間はほとんど給料がでないんだ。それじゃあ、生活できないからあきらめた」

この子は生まれてから、あきらめることしかしらなかったのだ。それが時代のせいか、親のせいかは、晃一にはわからなかった。そろそろあきらめないことを息子に選ばせてやりたかった。

「やってみればいいじゃないか」

「だけど……」

「この家にいて、アルバイトをしながらかよえばいいじゃないか。二年なんて、すぐだ。それで一生の仕事が見つかるなら、安いものだ」

「あなたー」

亜紀子が泣いていた。なにをこんなにとり乱すのだろうか。これも更年期の症状のひとつだろうか。晃一が驚いたことに、遼治まで涙ぐんでいる。

「どうしたんだ、子どもみたいに」

遼治が天井をむいて、涙をこらえていた。

「ぼくはずっと父さんの子どもだよ。だけど、ほんとうにそれでよかったと思ったのは、今日が初めてだ」

晃一はおかしいなと思った。ちいさな食卓のむこうにいるひとり息子がゆらりと揺れて見えたのである。手のなかにある携帯ストラップに目をさげると同時に、ぽつりと涙が落ちた。自分が泣いている？　この四十年ほど泣いたことなど一度もなかった。泣き笑いの声で晃一はいった。

「おまえ、いったいいくつになるんだ」

遼治も泣き笑いだった。

「二十三」

「そうか、二十三年間、一度もわたしの子でよかったと思わなかったのか」

息子はもうただうなずくだけだった。亜紀子がエプロンの裾《すそ》で涙をふいていった。

「ねえ、みんなで一杯やらない？　お歳暮でもらったワインが残ってるの。なにかお祝いのときのためにとっておいたんだけど」

晃一は不思議だった。なぜ家族三人がそろって照れながら泣いているのだろうか。

「いったいなんの祝いなんだ」

遼治が切り返した。

「父さんがリストラされるお祝いだよ。三十年間ごくろうさま」

亜紀子がワインをとりに台所にむかった。そうだ、三十年だと晃一は思った。そのあいだに亜紀子と結婚して、遼治が生まれた。仕事は懸命にがんばったが、さして出世はしなかった。会社には要領のいい人間もいたし、要領の悪い人間もいた。自分はどちらかといえば、悪いほうだったのだろう。そのあいだに何回も景気の波がやってきて去っていった。百年に一度の危機がなんだというのだろう。どんな波もいつかは必ずすぎ去っていく。普通の人間は波の面に顔をだし、ただ息をしてしのげばいいのだ。きっとこの波も越えられる。

さて、会社では明日の朝一で個人面談が待っている。人事部長の平本に、どうやって辞意を告げようか。晃一はワイングラスのたのしげな音をききながら、最初の言葉を探した。

私と踊って

恩田陸

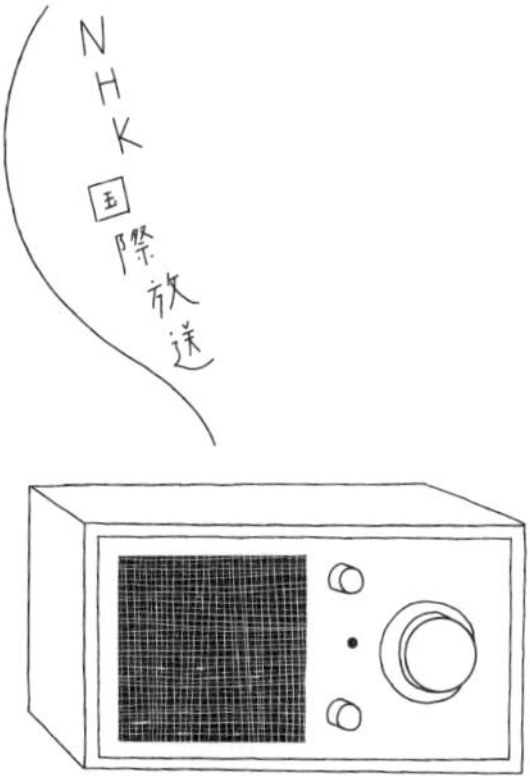

2021年8月21・28日初回放送

恩田 陸（おんだ りく）

1964年宮城県生まれ。92年『六番目の小夜子』で日本ファンタジーノベル大賞の最終候補作に選ばれデビュー。2005年『夜のピクニック』で吉川英治文学新人賞と本屋大賞、06年『ユージニア』で日本推理作家協会賞、07年『中庭の出来事』で山本周五郎賞、17年『蜜蜂と遠雷』で直木賞と二度目の本屋大賞を受賞。主な著書に『ブラック・ベルベット』『なんとかしなくちゃ。青雲編』『鈍色幻視行』など。

壁の花という言葉がある。

そういう言葉があるというのを知ったのはずっと後になってからだが、その時の自分がまさにそうだった。いや、私は「花」ですらなく、壁に掛けたまま忘れられた複製画か置き物みたいだった。ただぼんやりと突っ立って、よそいきの服を着た少年少女が踊っているのを眺めていた。

パーティ会場は教会でも学校でもなく、古いホールというのか集会所というのか、妙に中途半端な印象を受ける場所だった。父の事業が失敗し、家族と逃げるようにその北の街に引っ越してきたばかりだった私にはまだ友人もなく、たぶん私の名前と存在を知っている者もほとんどなかったから、見知らぬ人間にダンスを申し込もうなどと思う奇矯《ききょう》な者はいないことは明らかだった。

そもそも私によそいきのドレスなどというものはなかったし、その時私が着ていたのは、唯一《ゆいいつ》、祖父の葬儀の時に作った黒いワンピースという辛気《しんき》臭さだった。せめてコサージュやブローチを衿《えり》に飾るとか、あるいは髪にリボンや生花などをあしらうという少女らしい知恵もなく、母も父と一緒に生活基盤を立て直すのに奔走していたから、私にかまう余裕はなかった。当時の私はしょっちゅう風邪を引いたり熱を出したりしていたので、ワンピースを仕立てた時よりも痩《や》せており、ワンピースの肩が落ちてしまい、他人の服を借りてきたかのように似合っていなかった。

一応、生のバンドが入って退屈なワルツを演奏していた。素人《しろうと》楽団だったのか、あまり音程は合っておらず、演奏はいつ果てるともなく続いていた。

目の前で踊っているみんなは、まるで硝子《ガラス》越しに見ている風景のようで現実感がなく、私とみんなのあいだに透明な壁があって、完全に世界が隔てられているように感じた。

当時私が持っていた本以外の唯一の宝物に、白いオルゴールがあった。蓋《ふた》を開けると甲高い「乙女の祈り」が流れてきて、布で出来た男女の人形がくるくる回りながら踊るというものである。その人形と同じく、目の前でくるくる回る少年少女にも顔がないのだった。

不意に、視界の隅に一人の少女が入ってくるのが見えた。

不思議なことに、寒い時期だったはずなのに、私の記憶に残っている彼女は、とても軽装だった。夏服のような土の色をした薄い素材の服を着ていて、彼女だけ周りの風景から文字通り浮いているように見えた。靴を履いていた記憶すらない。

彼女を初めて見た時の印象を、うまく言えない。

なんというのだろう、野性が入ってきた、というか、「戸外」とか「外側」がやってきた、という感じだったのだ。彼女は、くるくる回る布人形みたいな「その他の人たち」とはあまりにも異なっていた。

年譜によれば、その頃もう彼女は本格的に指導を受けて踊り始めていたはずだから、なぜあんな集まりに顔を出していたのかも今となっては分からない。

しかし、彼女を目にした時のあの強烈な感じ、何か「正しいもの」が入ってきたという感じは、今も私の中のどこかに強く残っている。

彼女を吸い寄せられるように見つめていると、彼女のほうでも部屋の中を見回していた。何かを探しているみたいにゆっくりと部屋の中の人々を眺めていたが、つ、と私のほうを見たのである。

私と目が合った時、ばちんと音がしたような気がした。人の視線がぶつかった時は、本当に音がするのだ。

彼女は小さく頷《うなず》いた。何かに納得したような表情をしたのだ。

そして、彼女はすーっと私の前にやってきた。本当に、ほんのちょっと宙に浮かんでいるみたいに、音もなく一直線に近付いてきたのだ。

私はびっくりした。そんなふうに誰かが動くのを見たのは初めてだった。飛んできた、という言葉が浮かんだ。もしかして、私だけに見えている幽霊なのかと思ったほどだ。

すぐ近くに彼女の顔がある。彼女の目は、不思議な色をしていて、見つめられるとなぜか恥ずかしくなった。

彼女はひとこと、私に言った。

私と踊って。

私はあっけに取られた。一瞬、何を言われたのか分からなかったくらいだ。

後にも先にも、あんなふうにきっぱりと誰かに踊ることを申し込まれたことはなかった。そもそも、自分が踊れるなどと思ったこともなかったのだ。

馬鹿《ばか》みたいに彼女の顔を見ていると、彼女は「早く、早く」と私の手を引いて駆け出した。私の手を引く彼女の手は思いがけなく力強く、揺るぎない信念のようなものが彼女の手を通して私の中に流れ込んできた。

私たちは人いきれのする部屋から、がらんとした廊下に出た。

彼女は私の手を引いて、人気《ひとけ》のない、薄暗い通路をずんずん進んでいく。

ここがいいわ。ここに射《さ》し込む光が好き。さあ、踊りましょう。

そこは、裏口に近い、肌寒い廊下だった。壁の下半分が窓になっていて、そこから冬の弱い陽射しが奥まで射し込んでいる。

今なら、彼女がそこで踊りたがったのも分かるような気がする。壁の下半分から射し込む光は、廊下に長い矩形《くけい》の、光のステージを作っていたからだ。後年の彼女のステージに、床下から淡い光を放っているものがあって、この時のことを思い出した。ほんの一瞬その光に見とれていたけれど、私は用心深く、口ごもりながら言った。

こんなのおかしいわ。

何が？

彼女が不思議そうに私を見る。私はもじもじした。

だって、ダンスは男の人と女の人がするものでしょ。あたしたち二人でなんて、おかしいよ。

あら、そうかしら。女の子どうしで踊っちゃ駄目？　ひとりも駄目？

彼女は歌うように呟《つぶや》き、唐突に踊り始めた。

踊っているのだということも最初は気付かないくらいの、自然な動きから始まった。子供が無邪気に飛び跳ねているかのような、ジャンプ、ジャンプ、ジャンプ。回っては止め、足を上げては止まる。宙にさまざまなポーズが連続写真のように焼き付けられていく。

力を抜いて、だらりとうなだれては、また伸び上がってジャンプ。

それは、音楽を見ているようだった。彼女の肩に、膝下《ひざした》の足のラインに、伸びた指先にメロディが聞こえ、冬の廊下をいっぱいに満たした。

今でも覚えているのは、この世には、こんなにも恐ろしい肉体のスピードを持った人間がいるのだ、と思ったことだ。

彼女の影響もあってか、長じてさまざまな舞踊を見た。数十年に一人の逸材というバレエダンサーや、既に伝説化しているダンサー、名バレエ団のプリンシパル。

逸材と言われるダンサーは例外なく、生来持っている肉体の速度が図抜けていた。彼らはそこに立っているだけで、ほんの数歩歩いてみせるだけでも「速」かった。彼らの肉体のスピードを見ていると、他のダンサーの動きがとんでもなく遅れて見える。その癖、ポーズのひとつひとつはストップモーションのように目に焼き付く。この上なく速く踊っていても、表情や決めのポーズがぶれることはない。恐らく、速く踊っているという意識すらないのだろう。あくまでその踊りが必要とするものを表現しているだけなのだ。

普段でも、たとえじっとしてお茶を飲んでいる時でも、身体《からだ》の奥で音が鳴り、動いているのが分かる。彼らは常に、静止していても魂は踊り続けているのだ。

私と踊って。

いつのまにか、私は彼女と手を繋《つな》いで廊下を走り回っていた。歓声を上げて一緒に光の中で飛び跳ねる。

二人の少女のジャンプ、ジャンプ、ジャンプ。

腕をだらんとさせ、腰を落として、オランウータンのように歩く。

いないいないばあをして舌を突き出す。

あんなに身体が軽く感じたことはなく、私はこの上なく解放されていた。歓《よろこ》びを感じ、音楽が聞こえた。私があんなふうに踊れたのは、もちろんあの時だけだ。


どうしてあの時、私を誘ったの？

学生時代、彼女にそう聞いてみたことがある。

その頃の彼女はもう、新進気鋭のダンサーでありコリオグラファーだった。その名は欧米で話題となり、客演依頼は引きも切らず、映画へのカメオ出演も決まっていた。

あの時？

彼女は化粧っ気のない顔で、不思議な色の目で振り向いた。

ほら、一度だけ一緒に踊ったことがあったでしょ——冬だったわ。がらんとした廊下だった。あの建物、何だったのかしら？　あなたが「壁の花」だったあたしを連れ出してくれたのよ。初対面だったのに、まっすぐあたしのところに来てくれた。

ああ、と彼女は煙草《たばこ》を潰《つぶ》しながら言った。終生、彼女はスモーカーだった。

あれって、夢じゃなかったのね。

え？　私は思わず聞き返した。

子供の頃から何度も夢を見たわ。踊ってくれるパートナーを探してる夢。長い廊下を歩いていて、順番に扉を開けていくの。中はパーティで、蠅《はえ》が止まりそうにのんびりしたワルツが流れていて、みんながそれぞれのパートナーと踊っている。だけど、私の相手は見つからない。そんな夢よ。

彼女はじっと宙を見つめていた。

冬のカフェだった。なぜか彼女との記憶は冬ばかりだ。

そうしたら、夢の中で一度だけ、一緒に踊ってくれた女の子がいたの。黒い服を着て、壁のところに立ってたわ。ああ、あの子なら私と踊ってくれる。そう確信して、一緒に踊ったの。夢じゃなかったのね。

彼女がそう繰り返すと、私のほうまでなんとなくあれが夢だったような気がしてきた。もしかすると、彼女の夢の話を何度か聞かされているうちに、私の中に記憶として刷り込まれていったのではなかったか？

しかし、長く友人であったとはいえ、彼女とは数えるほどしか会っていないのだ。その時以外に、あの時のことを話題にしたことはない。

文字通り世界を駆け巡る彼女には比べるべくもないが、私も学生新聞の記者としての活動を始めていたし、そのうちにOBの紹介で中央紙でアルバイトをすることになり、何年か続けた後でなし崩し的に就職してしまった私と、彼女のスケジュールが合うことはめったになかった。

あの時あなた、こんなのおかしいわって言ったわ。

彼女が思い出したように言った。

ダンスは男の人と女の人がするものよ、って言った。あたし、そうかしらって答えたのよね。女の子どうしじゃ駄目なのって。

新しい煙草に火を点《つ》ける。

あとで考えたの。確かに、ダンスの申し込みは昔から求愛の意味だったし、一緒に踊るのはつがいになった証拠。動物だって、鳥だって、派手な容姿で求愛のダンスを踊るのはオスのほう。でも、あたしは踊って見せてくれるのを見ているなんていや。申し込まれるのをじっと待っているなんていや。踊りたい時は、いつでも踊りたい。

あなただったら、この世にたった一人きりでも踊るんでしょうね。

何気なくそう言った私を、彼女は珍しくきつい目で振り向いた。

そうかしら。

そうじゃないの？

どうだろう。やっぱり、誰か、必ず見ていてくれる人がいると思いたいわ。

あなたなら、いくらでもいるじゃないの。

大物映画監督が彼女のドキュメンタリーを撮るという噂《うわさ》も聞いていた。

そうかな。どうだろう。

彼女はそう言って首をかしげ、小さく笑った。


数年後、彼女が古典的なバレエ音楽をテーマに衝撃的な問題作をひっさげて現れ、ダンス界にセンセーションを巻き起こし、コリオグラファーとしての名声を確立した時、招待されて観《み》に行った私は、この時の彼女の台詞《せりふ》を思い浮かべた。

踊って見せてくれるのを見ているなんていや、申し込まれるのをじっと待っているなんていや。息苦しくなるほど、舞台の動きのすべてから、そう叫ぶ彼女の声が聞こえてきたのだ。

拒絶反応と批判も凄《すさ》まじかったが、熱狂的に支持する者も多くいた。高名な批評家が彼女を擁護し、評価した。

私も記者のはしくれとして、劇評のコーナーを持っていた。自分で言うのもなんだけれど、徐々に認められてきていたし、よその雑誌からもコラムを書かないかと言われていた。しかし、どうしても彼女の舞台について書くことはできなかった。

私と踊って。

あたしの舞台のレビュウは書いてくれないのね、と冗談めかして彼女が言ったことがあった。寒い晩秋の夜、パリの公衆電話から彼女は電話してきてくれていた。彼女の後ろに、喧噪《けんそう》と雨の音がＢＧＭのように響いていた。

書きにくいのよ、と私は答えた。

あまりにいろいろなことが頭に浮かんで、文章にならないの。書ききれない。とてもじゃないけど、紙面に収まりきらないわ。なぜだか客観的になれなくて。そもそも、冷静に舞台を観られないんだもの。

私は正直に打ち明けた。

そういうものかもしれないわね。

彼女の声は、なんとなく嬉《うれ》しそうだった。

そう、私はついに一度も彼女の舞台について書くことはなかった。何度か書こうとしたのだが、必ず失敗した。その後発表された彼女のどの作品を観ても、私は冷静になれなかった。

女であることの哀《かな》しみ。女であることの怒り。人間という動物の哀しさ、滑稽《こっけい》さ、やるせなさ。時に暴力的で残酷、時にロマンチックな共犯者、時に傲慢《ごうまん》で虚栄に満ち、しかし逃れることのできない男女という関係。

そんな言葉が頭を駆け巡るのに、それを文章にしようとすると、この上なく陳腐で欺瞞《ぎまん》に満ちたものに思えて、しまいには吐き気を催すほどだった。

生々しく刹那《せつな》的なものを感じるいっぽうで、彼女の舞台は寓話《ぐうわ》的で静謐《せいひつ》さに溢《あふ》れていた。

そして、何より、美しかった。

一見無秩序のように見える群舞、苦しんでいるかのように見えるグロテスクな動き、本来エレガントとされる動きから程遠い動作のひとつひとつが、観ている観客の中に降り積もり、やがて感情の喫水線を超えて溢れ出す。

きれいは汚い、汚いはきれい、の言葉通りの光景が目の前に繰り広げられる。ダンサーという職業の幸福と不幸、歓喜と絶望が反転し、輝いたかと思えば闇《やみ》に沈む。

彼女自身が舞台に登場しなくても、いつも彼女の存在を感じた。舞台で踊る男女の影絵や分身となって、無数の彼女が舞台の上にいるようだった。

気が付くと、私も舞台にいた。いつのまにか舞台の上で、かつて彼女に出会った少女になって、彼女と会話を交わしているのだった。奇妙なことに、彼女はかつての少女に戻っているのに、私は成長した今のまま。

暗い舞台の上で、みんなが踊っている。白い衣装を着けた、十数人の男女が入り交じって踊っている。激しい動きなのに、全く音がしない。サイレント映画のように、動きしか見えない。祝祭のようにも、暴動のようにも見える。

ダンサーの幸福は、踊れるってことね。

彼女はポーズを取りながら言った。

ダンサーの不幸は？

私が尋ねる。ごろごろと床を転がる男女のあいだを、苦労して通り抜ける。

踊れなくなるってことね。

彼女は小さくジャンプした。

私なんか最初から踊れないわ。あなたと踊ったあの時だけ。身体は重くなるばかり。ジャンプだってここしばらくしたことがない。私にダンスを申し込んでくれたのはあなただけだわ。

あら、でも、あなたはちゃんと踊ってくれる相手を見つけたでしょ。

彼女が睨《にら》みつけるようにする。私は肩をすくめた。

結婚はしたけど、彼とダンスを踊ったことなんか一度もないわ。

私は周囲を見回した。恍惚《こうこつ》としているようにも見えるし、虚無的にも見える男女の表情が目に入る。

ダンサーの孤独は？

私はそう尋ねていた。

こんなに舞台は広くて、こんなに心もとないのね。ここに立って踊るなんて、ものすごく孤独だわ。

思わず、両腕をさすっていた。ライトが眩《まぶ》しいのに、肌寒さを覚えたのだ。

彼女は少し考える顔つきになった。

そうね、孤独だわ。けれど、独りじゃないわ。

矛盾してない？
聞き返すと、彼女はくるりと回ってみせた。
ほらね、回っているのは私。だけど、回しているのは私じゃないの。
禅問答ね。
私が鼻を鳴らすと、彼女は笑った。
でも、ほんとなんだもの。
基本のアラベスク。美しいダンサーはきちんと静止することができる。
なんであの時、私を誘ってくれたの？
そのことばかり聞くのね。
ポーズを崩さずに答える彼女。私は口ごもる。
嬉しかったの――不思議だったの。
私も嬉しかったわ――この子がきっと私を見ていてくれるって思ったの。
私は何も書いてないわ。きっと、これからもあなたのレビュウは書けないと思う。
いいのよ、見ていてくれてることは分かってるから。
いつしか私は客席に戻っていて、万雷の拍手を浴びせる観客の中にいる。

新聞社を辞めた年、初めての本が出版されることになり、ささやかな集まりを開いた時も、彼女は日本公演に行っていて不在だった。

けれど、花束が届いた。カードを探す――小さな、銀色のカード。

「いつも見ているわ。いつも見ていてね」

彼女が、高校生たちにダンスを教えている映像を見たことがある。煙草を吸いながら、彼女は高校生たちが活《い》き活《い》きと踊る姿を、穏やかな笑みを浮かべて見つめていた。

忙しい彼女は、なかなか直接指導する時間がない。それでも、彼女が現れただけで、現場の雰囲気がガラリと変わり、子供たちの目が輝く。そこに彼女がいるというだけで、特別な空気が流れる。

彼女はどんな時も決して声を荒らげることがない。いつも冷静で、明晰《めいせき》で、ほんの少し宙に浮いている。

彼女の不思議な色の瞳《ひとみ》は、ただひたすらに、遠くを見据えている――瞳の中で、彼女はいつも踊り続け――踊り続けて――たったひとりで時代を走り抜け、その肉体のスピードと共に走り去ってしまった。

私と踊って。

そう、彼女から最後の電話を受けたのはほんの一週間前だ。後から、それが告知を受けた日だと知った。

けれど、携帯電話から流れてくる彼女の声は明るかった。

「そっちの天気はどう？　来週からまたツアーなの。アメリカは煙草が吸えないからつらいわ。今度また私と――」

彼女は一息に留守番電話に吹き込んでいた。移動中だったらしく、最後のほうは声が切れてしまっている。

私はオーストラリアに取材に出かけていて、彼女の留守電のみならず、訃報《ふほう》を聞くのも遅れた。告知を受けたあと、一週間も経《た》たずに亡《な》くなったと聞かされて愕然《がくぜん》とした。

大きなお別れ会とは別に、彼女の郷里で告別式をやると聞き、出かけていった。

その日も、やはり冬だった。風はなかったが、地の底からしんしんと冷えてくる。陽射しだけは、高く澄んだ空から降り注ぎ、穏やかで暖かかった。

たった今告別式に出たばかりなのに、なんだかそのことが嘘《うそ》のような気がした。今も彼女はツアーに出かけていて、また電話が掛かってきそうに思えるのだ。

懐《なつ》かしい北の街。両親は私が大学に入るのと同時に再び引っ越しし、今は誰も係累《けいるい》がいない。

子供の頃の記憶を頼りにぶらぶらと歩いていると、なんとなく足が止まった。

古色蒼然《そうぜん》とした、コンクリート造りの大きな建物。見覚えがある。

建物の周りには、何台かのトラックが横付けされていて、中から古ぼけた什器《じゅうき》が運び出されていた。

青いジャンパーを着た男が、作業員に指示を出している。

「あのう、すみません。ここ、何ですか」

男に尋ねると、「取り壊すんですよ。再開発計画でね」と気安く話してくれた。

「元は製糸工場でね。いっとき公民館に転用して使ってたんだけど、漏電がひどくて、先日小火《ぼや》を出したんだ。そのままにしとくと危ないってことになってね」

製糸工場。そうだったのか。あの中途半端な印象は、正しかったのだ。

恐る恐る申し出た。

「ええと、私、子供の頃、ここが公民館だった時に来たことがあるんです。久しぶりに来て、懐かしくて。ちょっとだけ中を見せてもらってもいいですか？」

気のいい男は、あっさりと承知してくれた。

「ああ、いいよ。もうほとんど運び出しは済んでるから、本当に少しだけなら」

「ありがとうございます」

てきぱきと作業する男たちを横目に、私はするりと中に入り込んだ。

ひんやりとして、薄暗い。高い天井は、黒く煤《すす》けている。

元々は白い壁だったのだろうが、すっかり灰色になり、床も黒ずんでいた。

いちばん広いホールを覗《のぞ》き込む。たぶんここでパーティが開かれていたのだと思うが、子供の頃の印象に比べてあまりにこぢんまりとしているのに面喰らった。

錆《さ》びた窓枠。汚れ放題の窓ガラス。

歳月の痕跡《こんせき》が、そこここに刻まれている。

私はゆっくりと廊下を進んだ。コツコツと、足音がやけに響く。

そして、その場所は今もあった。

壁の下半分の窓から、冬の陽射しが奥まで差し込んでいる。

とても長い矩形の、光のステージ。

その中にそっと足を踏み入れると、じわりと足が暖かくなった。

少女たちの歓声が聞こえる。

振り向くと、向こうから、ホールを飛び出し、手を繋いだ二人の少女が駆けてきた。

黒いワンピースの少女と、土の色をした軽装の女の子。

私は彼女の名を思わず叫んだ。

そうなのだ、彼女はずっと探していたのだ。時代を駆け抜ける自分に伴走するパートナー。自分の存在を認識してくれている誰か。この世の終わりに踊る時も自分を見ている誰かを。

少女たちが、光のステージに飛び込んでくる。

手を繋いで、ジャンプ、ジャンプ、ジャンプ。

二人は私をじっと見つめ、口を揃《そろ》えてこう言う。

私と踊って。

ええ、喜んで。

私は二人に向かって大きく頷く。

アイスクリーム熱

川上未映子

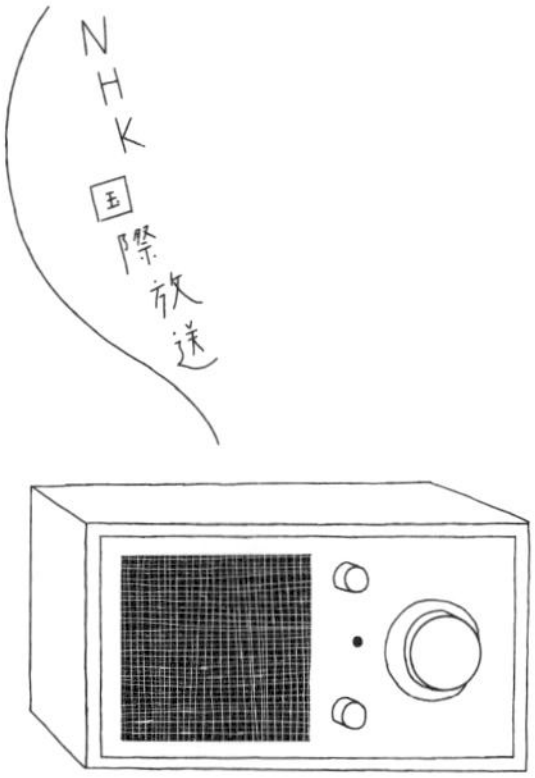

2023年3月26日初回放送

川上未映子（かわかみ みえこ）

大阪府生まれ。2007年『わたくし率 イン 歯ー、または世界』で早稲田大学坪内逍遥大賞奨励賞を受賞しデビュー。08年『乳と卵』で芥川賞、09年、詩集『先端で、さすわ さされるわ そらええわ』で中原中也賞、10年『ヘヴン』で芸術選奨文部科学大臣新人賞と紫式部文学賞、13年、詩集『水瓶』で高見順賞、『愛の夢とか』で谷崎潤一郎賞、16年『あこがれ』で渡辺淳一文学賞、19年『夏物語』で毎日出版文化賞を受賞。『ヘヴン』英訳版でブッカー国際賞最終候補、『すべて真夜中の恋人たち』英訳版で全米批評家協会賞最終候補にノミネート。主な著書に『春のこわいもの』『黄色い家』など。

「まず冷たいこと。それから、甘いこと」
そんなの当たり前じゃないかというような顔で言うので、わたしはそのまま黙ってしまった。右目のわきに糸のような小さな傷がみえた。そうだよなと思った。アイスクリームは冷たくて甘い。

今は冬で、店の中は暖房が効きすぎていて窓ガラスや眼鏡が白く曇ってしまうほど暑かった。でも文句を言う客は誰もいない。わたしはイタリアンミルクとペパーミントスプラッシュをいつもとおなじようにカップに入れてショウケース越しに彼に手渡した。

どうしていつもカップなの。アイスクリームのなにが好きなの、というひとつめの質問につづけて尋ねてみた。彼はわたしの顔をじっとみて、邪魔だからと短く言った。じゃあコーンは何のためにあるのか知ってる？　舌やすめ。そのとおりだったので、わたしはまた黙ってしまった。

彼がアイスクリームを買いにくるようになってその日でちょうど二ヵ月だった。わたしはひとめみたときから彼を好きになったので、はじまりのことは何もかもをちゃんと覚えているのだ。彼は二日おきに規則正しくアイスクリームを買いにくる。店で食べて帰ることもあればそのまま出ていってしまうときもある。前髪は目にかかるくらいに伸びていて黒く、背は高くもなく低くもないといった感じ。最初の日は紺色のくたっとしたパーカーを着ていて、そのつぎはノルディックのニット帽を目深にかぶっていた。足はまっすぐで、趣味のいい感じがして、いつも手ぶらだった。夕方の四時くらいに来て、いつもおなじものを注文する。

家に帰って夜になると、かちかちになった足の裏を親指でちからいっぱい押しながらわたしはその日にみた彼について覚えていることをすべて手帳に書きつける。少し意地が悪そうな彼の一重まぶたの目が好きで、でもそのよさをどうやって表現すればそれをちゃんと言い終わったことになるのかがわからない。こういうときに比喩みたいなものがぱっと浮かぶといいのだけれど、わたしにはよくわからない。だから、切れ長の、とか、意地が悪そうな、とかそういう何も言ってないのとおなじような言い回しでしか記録することができない。でもそれも悪くないなと天井をみながらそう思う。うまく言葉にできないということは、誰にも共有されないということでもあるのだから。つまりそのよさは今のところ、わたしだけのものということだ。

彼もわたしのことを嫌いではないと思う。だって通りのはす向かいにもアイスクリーム屋があるのに（そっちのほうが人気がある）二日おきに買いにくるし、べつの女の子が空いていても何となくわたしに注文するし、一回につき一度はわたしの目をじっとみる。年齢も知らないし、仕事は何をしているのかも知らないけれど、ガラスの自動ドアを出てゆく彼の後ろ姿は淋しい夏休みの子どもみたいにみえる。つかのまの青い影のなかで横たわって、ひとりきりでじっとして動かない子どものような小ささがあって、誰かが帰ってくるのを待っているような、拒否しているような。あるいは、その両方をべつの誰かからされているようなものをまとって彼はいつも店を出てゆく。恋人はいるのだろうか。いても全然おかしくないけど、でも何となくいないような感じもする。あるいはゲイだったりするのだろうか。でもそういうのって、どこで判断すればいいのかわからない。それにそんなことを真剣に考えているわけでもなんでもなくて、ただ思いついてみただけのことだ。そんなことよりもっと重要なことは、彼がいつもおなじものを食べているということ。賭けてもいいけど、このさき十年だって彼はアイスクリームといえばきっとイタリアンミルクとペパーミントスプラッシュの組みあわせを食べつづけることができると思う。

今日は四時半で終わりだから、駅まで一緒に歩いて帰らないかとある日の夕方、誘ってみた。彼はわたしの顔をみて、少ししてからいいよ、と言った。並んで歩くと彼は思っていたよりも背が高かった。わたしがいつも立っているショウケースのこちら側は一段高くなっていていつも見おろす格好になっていたからわからなかったのだ。わたしは妙な上機嫌で目にみえる物の表面を――ビルだとか看板だとか人の顔とかビーカーとか道とか――そのすべてを塗りつぶす勢いであれこれをしゃべりつづけた。彼はへえ、とか、うん、とか言いながらアイスクリームの盛りあがったところを舐め、ときどき顎をかたむけてカップのふちに垂れたのを舌のさきで丁寧にすくった。仕事は何してるの。家でする仕事。年はいくつなの。三十三。家は近くなの。駅の向こう。独り暮らしなの。そう。駅までの十分間のあいだに彼はわたしの質問にすべて答え、わたしには何も質問しなかった。

「アイスクリーム、わたし得意なんだよ」と嘘を言った。「何でもつくれるよ。冷凍庫さえあったら。もしよかったら大量につくってあげるよ」しばらくしてから、わたしの目をみないで、いいね、と彼は言った。その日はそのまま別れ、わたしは家に帰ってアイスクリームの作り方を調べた。アイスクリームを作ったことなんてこれまで一度もなかったし、お店にあるのだってできあがったものが朝運ばれてきてわたししたちはそれを売るだけだった。何と何を組みあわせればあんな形や色や味になるのか、始まりも終わり方もまるで見当がつかない。

次の日も彼はアイスクリームを買いにきた。それからおなじように駅までの道を一緒に歩くことが何度かつづいたけれど彼は何も言わないので、わたしも何でもないような顔をして、いつ作りにいってもいいの、と尋ねてみた。何を。アイスクリーム。ああ。いま食べてるからまた今度でいいよ。べつに今日食べなくてもいいんだよ。残しておけるんだよ。へえ。だから今日作りにいってもいい？　しばらくしてから、彼はいいよと言った。

彼の家には信じられないくらいたくさんの本があり、なぜこんなに本があるのかという質問に、自分も本を書く仕事をしているのだと言った。すごいね、とわたしは言った。話をぜんぶ頭の中でつくるんでしょ。そうだね。すごいね。まあ。かきまぜた材料が凍るまでの時間をわたしたちはキッチンのテーブルに向かいあわせに座って過ごすことにした。わたしはまたいくつか質問をした。彼はそのひとつひとつに答えてくれた。わたしは首のあたりがちくちくする赤いセーターを着て、彼は胸に月桂樹の輪が刺繡されたポロシャツを着ていた。わたしは彼が淹れてくれたお茶を飲み、寒くないのときいてみた。寒くない、と彼は言った。それに、寒くても寒いのは好きだと言った。それからはふたりとも黙ったままだった。何の音もしない部屋のなかで、彼は何かべつのことを考えているようにもみえたし、わたしといる今のことを考えているようにもみえたし、このあとのことを考えているようにもみえたし、それから本当に何も考えていないようにもみえた。

真夜中を過ぎて、朝の四時まで待って取りだしたアイスクリームは失敗だった。どろどろの粥みたいになっていて、散々だった。それでも一応お皿に載せて食べてみた。わたしも彼も黙って食べた。全然おいしくなかったけれど、それでもアイスクリームは真っ白できれいなものだなと思いながらスプーンですくった。やがて紫や青がまじった帯のような夜明けがやってきて朝になり、わたしはもうそろそろ帰るよと言ってみた。彼はうんと肯いて、玄関まで送ってくれた。いつもより時間をかけて靴を履いてふりかえったときに目があって、そのまま動かない何秒間かがあったけれど、それはそのまま死んでしまって、わたしは小さく声を出して歩数をかぞえながら駅までの道を歩いていった。

電車のなかでわたしは夢をみた。何の夢だったかは覚えてないけれど、眠りに落ちるまえのまだらに色づく意識のなかで、さっきのアイスクリームのうえに葉っぱみたいな、小さなグリーンの、何かがのっていれば少しは違ってみえたのになとかそんなことを思っていた。夢の入り口のわたしの指は、彼の胸にあった月桂樹の葉の一枚をぷちんとちぎってそれをほとんど溶けて液体にしかみえない彼のアイスクリームのうえにそっとおいた。白にグリーンっていいよねと言うと、彼はそうだねと言って、もう一枚、自分の胸から葉をちぎってそれをわたしのアイスクリームのうえに浮かべるのだった。

それから彼はアイスクリームを買いにこなくなった。似た感じの人が入ってくるとどきりとしたし、しばらくは駅までの道をわざとゆっくり歩いて、すれ違う人の顔のなかに彼のがないかどうかを探したけれど、家のほうまでは行かなかった。連絡をしようにもわたしは表札でこっそり確認した名字しか知らなかったし、彼はわたしの名前も知らなかった。

一ヵ月間くらい何となく苦しい気持ちでいたけれど、二ヵ月にさしかかるころにはもう、何も考えなくなっていた。アイスクリーム屋はそんなに暇ではなかったのに、とつぜん閉店することになったと知らされた。わたしは次のアルバイト先を探すためにあちこちを歩き回ってそのほとんどに断られ、自分が何もできないままこんな大人になってしまったことを思いしらされる日々を過ごしたけれど、歩いたり眠ったりしているうちに、そんなことも忘れてしまった。ときどき駅の冷たいベンチに座って時間をつぶした。そしてわたしのほかには誰も何もいないのに、さよならと声にして言ってみると、それは自分の声じゃないように聞こえて、でも、だからといって、自分の声がどんなだったかなんて、最初から知らないわたしには思いだせるはずもなかった。

給水塔と亀

津村記久子

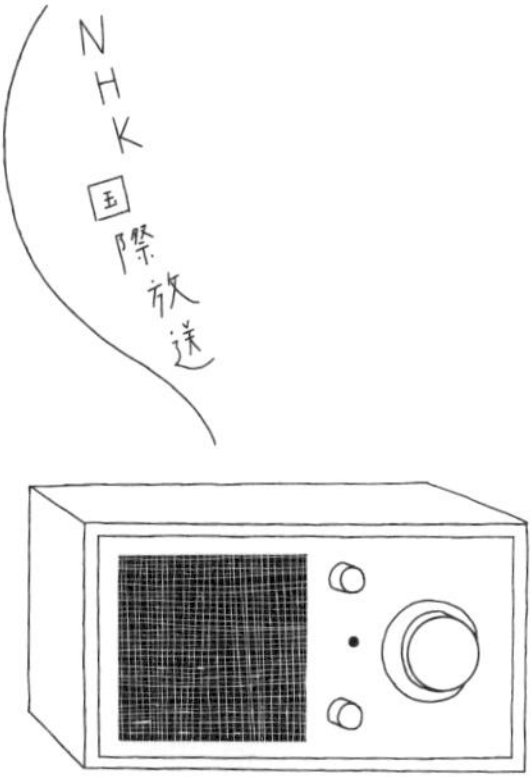

2019年7月20・27日初回放送

津村記久子（つむら きくこ）

1978年大阪府生まれ。2005年「マンイーター」（『君は永遠にそいつらより若い』に改題）で太宰治賞を受賞しデビュー。08年『ミュージック・ブレス・ユー!!』で野間文芸新人賞、09年「ポトスライムの舟」で芥川賞、11年『ワーカーズ・ダイジェスト』で織田作之助賞、13年「給水塔と亀」で川端康成文学賞、16年『この世にたやすい仕事はない』で芸術選奨文部科学大臣新人賞、17年『浮遊霊ブラジル』で紫式部文学賞、23年『水車小屋のネネ』で谷崎潤一郎賞を受賞。主な著書に『つまらない住宅地のすべての家』『現代生活独習ノート』など。

寺の門を出ると同時に、前の建物から漂ってくる濃い水蒸気が喉に詰まった。私は、それが何由来のものかを知っている。うどんである。私の両親を弔っている寺の前には、うどんの製麺所があるのだった。

水蒸気の向こうの木造の壁には、求人の貼り紙がある。経験不問、はいいのだが、六十七歳ぐらいまで、という妙な年齢制限が気になる。何かが動く気配がしたので、下を向くと、湯気の立つ道路の側溝を、一筋のうどんが流れてゆく。以前はもっとたくさんのうどんが流れていたような気がする。確信犯的廃棄なのか、うっかりなのかわからないけれども、無駄になるうどんは年月とともに減ったということなのだろう。

寺と製麺所を隔てる細い道は、私の通学路だった。小学生だった時にそうだったので、もう数十年も前のことになる。母親が亡くなってから、この周辺には完全に身寄りも途絶えて、数年に一度菩提寺《ぼだいじ》を訪れるぐらいになっていたのだが、そのたびに、製麺所がなくなっていないことに驚く。

ただ、規模は縮小したような気がするな、と私は考えながら、足の向くままに歩き始める。小学生だった時のことを思い出したので、単純に小学校に行ってみるつもりだった。寺を出たのが正午だったので、まだ、部屋への家具などの到着には時間がある。

頼るものは特にないのだが、故郷に帰ることにした。きっかけは、元同僚が、私の生まれ育った場所の近くに信頼できる良い物件などは知らないか、と問い合わせてきたことだった。どうやら娘さんが自然農に興味があるとのことで、物件のことは知らないが、何か協力できれば、とインターネットの不動産情報サイトで調べたところ、このあたりの部屋の家賃が、私が住んでいるところの半分以下であることが判明した。結局、その娘さんは、自然農どころか、今はひきこもってるそうなのだが、頭から、そうか半額で暮らせるのか、ということが離れず、そのままなんとなく引越しを決めた。定年を迎えて無職になった男の一人暮らしは身軽だ。

寺から小学校のあったところへと向かう、車が一台しか通れないぐらいの狭い道沿いの家の表札には、かすかに記憶のある同級生の名前をいくつか発見できたのだが、この周辺にやたらある名字なので、別人である可能性のほうが高い。親戚もいないが、知り合いもまた皆無と言っていいだろう。

道は静まり返っている。私が暮らしていた都会は、鳥の姿はあっても、鳴き声は車が行き交う音にかき消されていたのに、私の故郷の道には、私の足音と、雀やどこかの家で飼われている鳥の声だけが響いている。

通学路のどの道かを曲がれば、両親がときどき祝い事の時などに出前を取っていた寿司屋があるのではないか、ということを不意に思い付いたものの、訪ねていってもおそらくは迷ってしまうので、諦めて知っている道を歩くことにする。あの寿司屋は、四十年以上の月日に耐えられているのだろうか。誰かに受け継がれていればおそらくは。

小学校はまだあった。もちろん、私が知っている木造の建物ではなく、コンクリートの造りのものに建て替えられていたが、建物そのもののレイアウトは似ている。今の佇《たたず》まいも、建て替えからかなり年月がたっているのか、だいぶ古びている。校門と玄関ホールの間には、小さい小屋のようなものがあって、地域住民見守り隊、という札が掛けられている。子供も孫もいないけれど、私も入れないか、と思う。

　小学校に関しては、ただ見に行ったという以上の感慨はなかったが、校門の斜め前の小道の向こうに海が見えることを発見して、私は小さく息を呑《の》んだ。私が帰り道に覗き込んでいたのと同じ道で、同じ海だった。

　しばらく、交差点の真ん中に立って、道の先の海を眺めていた。やがて、小学校の向こうからやってきた車に派手にクラクションを鳴らされ、私は我に返って、もと来た道を戻り始めた。

　小さな私鉄の駅まで戻ると、周辺にほとんど何もないことがぼんやりと不安になる。コンビニが一軒あるだけで、この辺の人はどうやって暮らしているのだろう、と自分も住んでいたくせに疑問に思う。とりあえず、どのぐらい頼れるのかを知りたく思い、店に入って通路を往来する。田舎だから物がない、ということはなく、普通の品揃えのコンビニで、少しほっとした。雑誌もそこそこだし、廉価版のＤＶＤも売っている。このへんに引っ越してきたのですが、このお店にない本とか工具を買うにはどこに行ったらいいでしょうか？　とひっつめの髪に大きな眼鏡を掛けたレジの女性に訊くと、国道沿いに出たら、チェーンの大きな本屋もあるし、ホームセンターとスーパーもあります、と丁寧に答えてくれた。

私は、自分が住む予定のアパートの位置を頭の中で描きながら、国道沿いからでも辿《たど》り着けることを思い出して、そちらのほうに出てみることに決めた。

店員の女性が言っていたとおり、四車線の道に沿って、すべての建物が低くて小さいこの周辺には不似合いな、大きな豆腐のような形の本屋と、くすんだ青色に塗られた長方形の二階建てのホームセンターと、横に広そうな平屋のスーパーマーケットがあった。隣接しているスーパーマーケットとホームセンターは、敷地を融通し合っているのか駐車場が同じで、その隅っこに、食べ放題の焼肉屋とファーストフード店が併設されている。

それ以外は何もないと言ってよい。交通のまばらな国道沿いには、畑や民家のほかに、シロアリ駆除業者の大きな看板、電話金融の大きな看板、分譲マンションの大きな看板、と、とにかく大きな看板が目立つ。それだけ空間が余っているのだ。シロアリ出たっけなうちの家？　と首を捻《ひね》りながら、国道沿いを歩き、一度スマートフォンで地図を見直して、アパートのある海側に続く道を下る。駅から少し離れてきたからか、更に畑が目立ち始める。私が以前住んでいた時ほどではないが、まだその半分ほどは残っていることに少し驚く。

　国道に面したたまねぎ畑を通り過ぎ、海側に降りる斜面の途中に建っている二階建てのアパートの一階を目指す。家賃だけで決めるのであれば、どこでも選び放題だったのだが、自分の昔の家がそこの近くにあったから、というだけの理由で、私はそこと契約した。しかし、部屋に到着しても、思ったより記憶の中の風景と今のそれが合致せず、首を捻りながら、不動産屋からもらった鍵を鍵穴に入れる。

　給水塔があったのだ。どこかは思い出せない。畑の中だったか、誰かの家の敷地の中だったか。私は、白群《びゃくぐん》というのか、瓶覗《かめのぞき》というのか、美しい水色に塗装された、小学校よりも背の高いその威容に惹かれて、友達と遊ぶ合間に、彼らの目を盗んでいつも見上げていた。というか、給水塔だというのは、大人になってから知った。私は、ああいうものを建てたい、と漠然と思って、水周り関連に強いという建設会社に入社した。

　ドアを開けて中に入ろうとすると、ちょっと、と誰かが背後から声を掛けてきた。管理人ですが、と機嫌の悪そうな顔付きの、私よりは少し年下と思われる中年の女性が、アパート専用のガレージのほうを指差して、荷物が来てるんですよ、なんとかしてください、と続けた。奥行きはさほどではないが、縦にも横にも大きなダンボールが置かれていて、そこに印刷してある社名に、私は少しどきりとしながら、そちらのほうへと急いだ。

通販で頼んでいたクロスバイクが早く来てしまったようだ。配送業者を追い返すこともできたのだが、こんな大きなもの持って帰りたくない、と泣きつかれ、知り合いの業者だったこともあり、管理人は代理で荷物を受け取ることにした、と私に話した。田舎だ、と私は漠然とした感想を抱く。配送業者が知り合いだと。

早く開封してください、と言われたので、私が、じゃあカッターナイフとか貸してください、と愚鈍《ぐどん》に言い返すと、ぶつぶつ言いながら管理人は部屋に戻り、これでいいんでしょ、と顔用の剃刀《かみそり》を出してきた。

平たくて大きいダンボールは、巨大な銅製の針で梱包されていて、ただ開けるというだけでも苦労した。これ何よ？　と管理人が訊いてきたので、私は、自転車です、と答えた。何でそんなもの通販するのよ、と管理人は言いながら、剝《む》いたダンボールの上にのっかって、二つに折りたたんでいた。それでも到底、小さくなったとは言えず、私は、剃刀でダンボールに切れ目を入れ、更に無理やり折りたたんだ。

部下がスポーツバイクを始めたというので、欲しいと思ったんですよ。とても楽しいらしい。

退職の時の送別会での会話を思い出す。四十過ぎの彼は、高脂血症と診断されて、運動をすることにしたそうだ。

あんた変わってるわ、と管理人は首を振りながら、自転車を包んでいたプチプチの梱包材を引き寄せて、ぐるぐると丸める。前の住人さんもちょっと変だった、あんたと同じように独り者でね。

管理人は、根は世話好きなのか、それとも単に暇なのか、自転車を保護している無数の梱包材を引っぺがしている私の横に立って話を続ける。

おばあさんだった。のよさんっていうのよ、女の名前の最後に付く乃と代で乃代。名前も変わってる。ずっと好きだった年上の幼馴染が戦争に行って帰ってこなかったんで、結婚はしなかったんだって。保険の外交で働いて、営業所の所長とかにまでなったんじゃないかな。

乃代さんは、退職後、ここに移ってきて、スーパーの中にある衣服修理のスペースで働いていたのだという。このアパートの部屋で心不全で亡くなる前日まで。管理人は、この人孤独死しそう、とうさんくさく思っていたのだが、先にその死を発見したのは、修理スペースの同僚の若い女性だった。

私が職場に何も言わずに来なくなったら、一度見に来てもらえますか？　と乃代さんは常々言っていたらしい。だから欠勤の連絡は必ず行い、緊急連絡用に携帯の扱いにも通じていた。電話をして返事がなかったから来ただけ、と同僚の女性は肩をすくめていたという。

遺言もわかりやすいところにあったし、私物の処分もスムーズだった、財産は、半分が他県に住んでる遠縁の親族、半分は最も近い児童養護施設に寄付してくれって。

管理人は、そこまでしゃべっていいのかということまで話すのだが、すでに亡くなった身寄りのない人のことだし、いいと見做《みな》しているのだろう、と私は考えた。前の住人が部屋で亡くなったということは、私も不動産屋との話ですでに了承済みである。彼女は、私のこともそうやって誰かに話すのだろう。私に何かあったら。まあ良い。

ただ、亀なんか飼っててさ、これが困って。死ぬ二か月前とかに飼い始めちゃったから、遺言にもなくて。あたしの部屋にいるんだけど、見ていく？

管理人はそう言うけれども、私は、これから他の家具の到着もあるし、その後はクロスバイクに乗りたかったので、また今度にします、と答えた。

最後に知りたいんだけど、と管理人は腕を組んで、私のほうを見る。

乃代さんといいあんたといい、どうして一人でいられるの？

管理人の左手の薬指には、ちゃんと指輪がはまっていることを確認して、私はとりあえず首を傾げてみる。

忙しかったんです、と答える。忙しくたってみんな独り者じゃないけど？ と管理人が言ったので、忙しくて不器用だったんです、と私は言い残して、山ほどのダンボールと梱包材を抱えて部屋に入った。

ごみを台所の隅に追いやりながら、私は、めったに思い出さない自分の足跡の記憶を辿り、しかしやっぱりすぐにやめた。二十八歳のときに上司に紹介された同い年の女性は、私のことをぼんやりしすぎていると言った。三十七歳で結婚しようとした五つ下の女性は、実は私が不倫相手だったと判明し、最後にはモラルハラスメントをする旦那のところに戻っていった。四十五歳の時に知り合った十歳下の女性は、出産のリスクを気にして破談を申し出た。仕事では、既婚者の代わりに日本の各地に飛ばされ、ときどきはその土地の女性と仲良くなりもしたが、だいたい話が進みそうになる時分に呼び戻された。

いつまでも気楽でいたいと思っていたわけではない。けれど、いろいろなことの間《ま》が悪くて、私も積極的になれなかった。後悔はしている。人間が家族や子供を必要とするのは、義務がなければあまりに人生を長く平たく感じるからだ。その単純さにやがて耐えられなくなるからだ。

というような考えは、引越し業者の到着とともに雲散霧消してしまった。前の部屋から運んでもらった家具は、冷蔵庫と洗濯機と布団と、椅子が一脚、衣装ケースが二つだけで、他のものについては通販で買う予定でいる。業者の中でいちばん若いと思われる男が、海、見えますよね、たぶんあそこから、と雨戸を閉め切った奥の部屋のベランダに面した窓を指差す。そうなんですか、と私がほうけたように返事をする頃合には、業者は玄関で靴を履き終わっていた。

私は、家具や海のことはさておいて、再びガレージに出て、置きっぱなしのクロスバイクを調整することにした。説明書の入っている袋には、六角レンチが同梱されていて、それで、梱包のために横を向いて調整されているハンドル部分を正面に戻したり、サドルを調整したりするらしい。私は、自転車の左側に立って、片目を閉じたり、何度かまばたきをしたり、体を傾けたりしながら、自転車のハンドルの向きを調整した。取扱説明書によると、私が六角レンチを使って調整した、ハンドルとフレームをつなぐ部分は『ステム』というらしい。一つ学習した。

部屋にリュックを取りに行き、中に財布と、通販で一緒に買った新品のチェーン錠を入れて、クロスバイクで出発する。クロスバイクは、いつも乗っていたシティサイクルに比べて、『ステム』とサドルが刺さっている部分をつなぐフレーム（『トップチューブ』というらしい）が高くて、そこをまたいでサドルに座るのにすら難儀したが、そうだ、ペダルに足を掛けてから座ればよいのだ、ということに気付き、そこからはややよろよろしながらも快適に走り始めた。

ビール、ビール、と思う。体が少し軽くなったような気がする。車を運転している時より、速さが直接皮膚感覚に触れてくる感じだ。

国道沿いの畑の隅に建っている小さなあずま屋の下に、無人の漬け物売り場があったので、ついつい寄って、水茄子《みずなす》の漬け物とたくあんを買う。代金は、売り場の傍《かたわ》らに置いてあった小さな四角い木の箱に入れるらしい。

ますます、ビール、ビール、という気分でスーパーに向かう。自転車置き場の駐輪はまばらで、私は、隅に置いてある異様にごつい青色のマウンテンバイクを眺めているうちに、なんとなくその隣に停めてしまう。私の自転車も青いのだが、そのマウンテンバイクと比べると、まるっこい白抜きのメーカーのロゴのせいか、まったく少年の乗り物に見える。

私は、ビール、ビール、と本当にビールのことしか考えられなくなっていたらしく、入ってすぐにあった酒類の売り場に寄って、よく冷えた琥珀《こはく》エビス六缶セットを会計するだけで、スーパーを出てきてしまった。

何か忘れている、と首を捻りながら、しかし最近はもう、思い出せないことに自己嫌悪を感じなくなってきていたので、また思い出したら買いに来ればいい、と自転車のところに戻る。予想より本格的な格好——黒いヘルメットを被り、黒いサングラスをして、黒いサイクルジャージを着ている——をしたマウンテンバイクの持ち主が、黙々とチェーンその他を外しているところに遭遇する。すごいな、と思いながら見ていると、小柄ながら引き締まった体つきの、黒尽くめの彼が顔を上げる。私よりおそらく年上の、おじいさんと言っていい年齢の男性だった。白髪交じりの長髪を首のところで縛っている上に、サングラスをしているから怖い。

じろじろ見て申し訳ない、と思いながら目をそらすと、いいバイクですね！　と男性が声を掛けてきた。私は驚いて、いやいやそちらこそ、私のなんて通販で買った五万しないクロスバイクですし、と男性のマウンテンバイクを示しながら恐縮する。

この辺はクロスが向いてますよ。けっこう道が悪いし。

男性には少し訛《なま》りがある。九州のほうのだと思う。それが、非常に本格的な佇まいの印象をかなり和らげる。

はじめはロードバイクにしようと思ったんですけど、まずはこれに一年乗って考えようかと……。

私もロードに乗ってたんですけどね、意外とここいらはでこぼこしててパンクばかりで。それでこれに乗り換えたんだけど、今度はリアハブが重くて疲れます。

はあ。

リアハブ？　とは？　家に帰って調べなければいけない。

それじゃあ、と男性は手を上げて、颯爽《さっそう》と駐輪場を後にしていった。私は、彼がスーパーとホームセンター共有の敷地から出て行くまでを見送った後、リュックに琥珀エビスを詰めて、新しい自宅へと国道を戻った。

日が暮れかかっていた。心なしか、前の部屋にいたときよりも、その時刻が少し早いような気がする。私は、ひとまずビールを買ってすっきりした頭で、そうだ亀のエサだ、と思い出す。でもまだ何か更に忘れている。

アパートの駐輪場に自転車を置き、管理人の部屋のインターホンを押す。亀を預かります、と告げると、彼女は、そうなの、と無表情にうなずいて、小さな水槽を持ってくる。エサが一箱あるので、後で持っていく、と彼女は続ける。なんで引き取る気になったの？　と訊かれたので、私は、なんでも疑問に思う人だなあ、と少し呆れながら、あき竹城《たけじょう》がテレビで亀を飼ってるという話をしてて、私も欲しいなと思ってたんですよ、と思い付きで答えた。管理人は、ふ、と暗く笑った。

部屋に戻ると、私はリュックを開け、琥珀ヱビスと漬け物を取り出す。そうだ、台所用品も買うべきだった、と頭を叩きながら、琥珀ヱビス一缶と、水茄子の漬け物の袋をよけて、残りをすべて冷蔵庫に入れる。

手を洗い、椅子の上にビールと漬け物を載せて奥の部屋に移動して、ベランダの雨戸を開ける。業者の若者が言っていたように、たしかにそこからは海が見えた。夕焼けでまだらに染まった。

私は、亀の水槽を玄関からベランダに運んで、また手を洗った後、椅子からビールの缶と水茄子の袋を下ろす。はじめは、部屋の中に椅子を置いてビールを飲もうと思っていたのだが、ふと思いついて、ベランダに椅子を出すことにした。

海が少し近付く。息を吸う。磯の香りというにはあまりに不純物がたくさん混ざっているのであろう匂いだが、それでも私が子供の頃に吸い込んでいたものと同じだと思えた。

探していた給水塔は、ベランダの端の斜め向こうの方向に建っていた。国道の側からは、このアパートの陰に隠れて、よく見えなくなっていたのだった。細い鉄骨で繊細に組まれた給水塔は、畑の中に建っていて、近くにはやはり、農作業の間に休むためと思《おぼ》しきあずま屋と、たまねぎ小屋があった。

私は、ビールの缶を開けて、口をつける。体じゅうの細胞がわななくという程に、うまく感じる。

帰ってきた、と思う。この風景の中に。私が見ていたものの中に。

再びビールの缶に口をつけると、亀が水槽の中で身じろいで、砂利がかすかな音を立てる。あとは風だけが吹いている。

袋を開けて、水茄子をひと齧《かじ》りする。忘れていたことを思い出した。履歴書を書くのだった。寺の前のうどんの製麺所に。明日またスーパーに行って履歴書を買おうと思った。今度は午前中に、自転車に乗って。

きっと心地良いだろう。

愛してた

松田青子

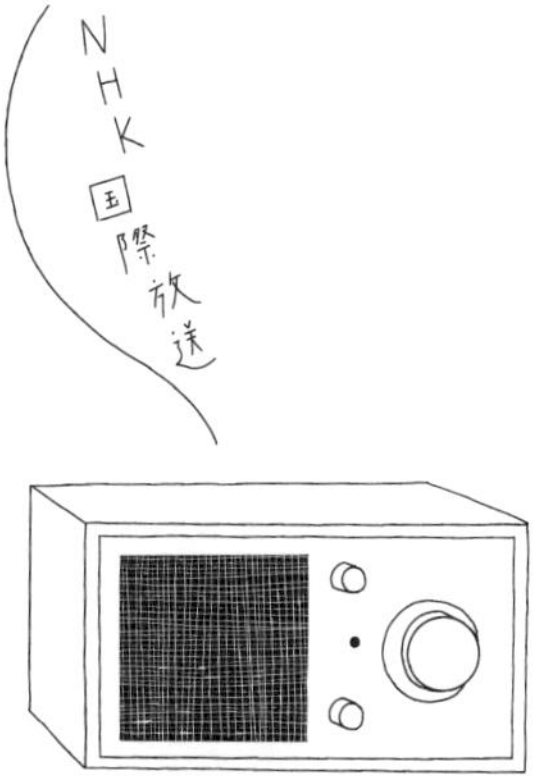

2023年7月23日初回放送

松田青子（まつだ あおこ）

1979年兵庫県生まれ。2013年『スタッキング可能』でデビュー、同作で14年、Twitter文学賞国内篇第1位。19年「女が死ぬ」英訳版でシャーリイ・ジャクスン賞短篇部門最終候補にノミネート、21年『おばちゃんたちのいるところ』英訳版で世界幻想文学大賞を受賞。主な著書に『英子の森』『持続可能な魂の利用』『男の子になりたかった女の子になりたかった女の子』『自分で名付ける』など。

金木犀《きんもくせい》の匂いがわからないと言うと驚かれる。小さな頃からずっと、慢性のアレルギー性鼻炎なので、私には金木犀の匂いがわからない。

秋になると、横を一緒に歩いている人が、道の途中や曲がり角で突然声の調子を変え、「あ、金木犀の匂いだ」とうれしそうに口にする。鼻炎の治療で小さな頃は耳鼻咽喉科に通ったのだが、鼻の穴に突っ込まれるいろんな細長い機器と、その機器が鼻水を吸い込むズズズっという不気味な音と感触と、通っても通っても終わりのない日々にほとほと嫌気が差し、通院を早い段階でやめ、市販の薬でごまかしながら生きてきたことなどを説明するのが面倒くさくて、そのたび「本当ね」「いい匂いね」と適当に返事をしているが、実際にはよくわからない。内心では、金木犀の匂いが皆好きなんだなあとしか思っていない。金木犀の匂いがわからないと言うと、それだけでもう情緒のない人間だというような言動を取られることもある。ほかの花だとここまでの反応はないので、金木犀の匂いは特別であるらしい。

金木犀の香りの香水が欲しいという人にも会ったことがあるくらいだが、香水も私にはよくわからない。自分で買ったこともない。匂いがわからないからだ。何度か人にもらったものをつけてみたこともあるが、自分がわからない匂いを身につけているのも馬鹿らしくなり、やめた。

匂いがわからないと、いろいろな選択肢を排除することができる。いつからか流行《はや》り出したアロマやインセンスにも興味がない。火をつけるといい香りがするキャンドルにも一度も手を出したことがない。こういったものを日常に取り入れると癒《い》やしの効果があると、リラックスした生活を送れると雑誌や広告でさかんに書かれているが、これが本当ならば、私は一度も癒やされたことがないのかもしれない。癒やされるとどんな心地がするのだろう。

でもこれで良かったと今では思っている。先日ネットの情報サイトで、アロマは猫に有害であるという記事を偶然読んで、そう思った。ミケが生きている間、私は一度も家にアロマ的な何かを持ち込まなかったから。私の鼻が利いていて、この情報を知らなかったら、知らずに持ち込んでしまっていたかもしれない。私は普段ネットがなくて困ることはほとんどないが、便利なものだとは思う。ネットによると、ミントの香りも猫には有害であるらしい。香りの強い植物も、私の人生には関係がなかった。本当に良かった。

季節外れの風邪を引いて以来体調が優れず、仏壇の線香が切れたのを買いに出るのが億劫《おっくう》だったので、久しぶりに入った父の部屋の引き出しで発見したお香を線香がわりに仏壇に供えた。父の部屋は、亡くなって以来、そのままになっている。仏壇にお香を供えてもほとんど抵抗感がなかったのは、やはり私の嗅覚の欠如によるものかもしれなかった。線香だろうと、お香だろうと、匂いがわからなければたいして違いはない。自らをさらに伸ばそうとするように、上昇していく細い線を生み出す細い線。煙は幽体離脱した魂のようにも見える。弱々しい魂である。時折、その弱々しい魂をなでてやりたいと手を伸ばすが、魂は私の指を避けるようにして、さらに昇り、そして消える。魂は、消えた後はどこに行くのか。

問題を感じなかったので、私はそのままそのお香を使い続けた。そもそも、私は雑な人間なのだ。いつから残っていたものかはわからないが、お香は箱に半分ほど残っていた。体調が回復し、商店街に毎日のように買い物に行くようになったが、店先で線香が売られているのを見ても、まあ、まだあれがあるからと思い、そのまま素通りした。それよりも、今日はアスパラが一本八十八円。

ある日、いつものようにお香を仏壇に供え、そのまま畳の部屋で洗濯物を畳んでいると、申し訳なさそうな声がした。

「あの、お取り込み中申し訳ありません」

しっかりした声だったので、庭から集金か勧誘の人が入ってきたのかと思い、窓の方を見るが、誰もいない。

「あの、すみません、仏壇の方をご覧ください」

見ると、黒縁眼鏡でスーツ姿の男が宙に浮かんでいた。はなから畳に座り込んでいたためもう尻餅をつくことはできなかったが、私は男を見上げて仰天した。

「あの、驚かないでください。幽霊ではありません。このお香を製造している会社の者です」

見ると、男の胸元には、「汀」という名札が留められている。

「みぎわさんですか?」

おずおずと私は聞く。

「いえ、テイと申します」

確かに、男のイントネーションにはほんのわずかだが特徴があった。

「はあ、テイさん。日本語お上手ですね」

「はい、まあ」

汀さんはなんの感情も見せない声で答えると、先を続けた。

「本来なら、こちらの名刺をお渡しするべきところですが、こういう状態ですので、ご容赦ください」

人の家の仏壇から浮かんでいる状態で礼儀正しさを発揮されても不思議な気分になるが、まあ良しとしよう。

「あの、現在お使い頂いている我が社の製品の件なのですが、拝見していたところ、まだ効果を実感して頂けていないようです」

「効果ですか?」

「はい、いつもうまくいくというわけではないのですが、通常ですと、ほとんどの場合、皆さん、一、二週間で確実に一度は生前愛していた方の姿が浮かび上がるのですが」

「え、そういうお香だったんですか?」

私はびっくりする。

「はい、左様でございます。不良品はないはずですので、何がご事情があるのではないかと思い、本日お伺い致しました。こちらで調整することも可能ですので、失礼ですが、あなた様の愛する方のお名前を教えて頂けますでしょうか。昨今はネットのカスタマーレビューも馬鹿になりませんので、できる限りお客様のニーズに寄り添いたいと思っております」

汀さんの顔は大真面目だ。愛する者というと両親ということになるのかもしれないが、今さら出てこられても、特に父とは何を話していいのかわからない。母は早くに亡くなったので、実際に長い時間を過ごしたのは父であるのに。この家で父という気が無口な生き物と暮らしていた時間が長すぎて、父が亡くなってからも、一人という気がしないのだ。いまだに家の中に、無口な生き物の気配を感じる。若い頃は恋人がいたこともあったが、結婚もしていないし、特に誰のこともそこまで思い出深くない。それから、私はもう一人、家の中に無口な生き物がいたのを思い出した。

「ミケです」

「ミケさんですか？」

汀さんが怪訝《けげん》そうに、しかしほとんど同じ表情で応じる。無表情な人だ。ただ、声が非常に柔らかいので、この人のイントネーションを聞いていると、ちょっと気持ちがほぐされる。

「はい、ミケ。うちの猫。私が二十代の終わりだった頃に家に来て、十九歳まで生きたんだけど。父が亡くなった後も、ミケが一緒にいてくれた」

よく考えれば、確かに私には嗅覚がないし、匂いで癒やされたことは一度もないが、十九年間ずっと、私はミケに癒やされてきた。ミケの柔らかい感触に、私の背中や膝に乗ってくる小さな体に、猫だなあとしか言いようがない猫らしい鳴き声に、窓から外を眺めている姿に、寝起きの顔に、そのすべてに。ミケが年をとって、体調が悪くなって、病院通いや自宅療養が大変になっても、ミケはずっと私を癒やしてくれていた。ミケは、猫は、すごい生き物なのだ。

汀さんは、はっとしたような顔をして、急にちょっと早口になった。

「そうですよね、愛していた方を人間に限定しているのはおかしいですよね。我が社としたことが、うっかりしていました。プログラムミスです。ああ、情けないです。本当に申し訳ありません。すぐに技術者たちにフィードバック致します。一週間ほど、お時間くださいますか。必ずミケさんに会えるようにしますので」

「あ、はい」

降って湧いたような話だが、確かに、ミケに会えたらうれしいかもしれない。触れなくても、ミケを見ているだけで幸せな気持ちになるだろう。

宙を漂いながらメモを済ました汀さんは、仕事に情熱的な目でこっちをまっすぐ見る。

「また、我が社の製品は香りにも力を注いでおりまして、本来ならば購買者のお好きな香りに変化するはずなのですが、こちらもなぜか今のところデータが取れておりません。何かお好きな香りがありましたら、お知らせください」

「ああ、匂いがわからないんです、私。鼻が悪くて」

「そうなんですか」

汀さんは困った顔になる。

「はい、実は金木犀の匂いもわからないくらいで」

「金木犀ですか。金木犀ですと、枇杷《びわ》の味を思い出して頂くと近いのではないかと個人的には思います。甘い匂いなのですが、甘すぎず、爽やかさもあり、また少し懐かしい感じもあります」

汀さんは笑わずに、またまた大真面目な調子で返答する。

枇杷の味。そう思った瞬間、鼻のあたりがむずむずし、一瞬、匂いの予感があった。これが金木犀の匂いなのかもしれないと私は思った。匂いを言葉で説明されたことははじめてだった。もう知っているものを手がかりに、未知のものに近づくことができるのだ。私は驚いた気持ちで汀さんの顔をまじまじと見るが、彼はまた無表情に戻っている。

「じゃあ、金木犀の匂いにしてください」

「いいんですか?」

「はい、お願いします」

「わかりました。それではご面倒をおかけしますが、一週間ほどお待ち頂けますでしょうか。失礼致します」

律儀に一礼した後、汀さんの姿は消えた。

次の日からも私はお香を使い続けた。ネットで検索したところ、汀さんが言うように普通に手に入る商品であることがわかったので、なくなったらまた買えば良い。父の部屋にあったということは、父は時々母に会っていたのかもしれない。娘には素知らぬ顔をして、静かにそうしていたのだと思うと、にくめない気持ちになった。

約束の一週間まであと二日。

決して見えない

宮部みゆき

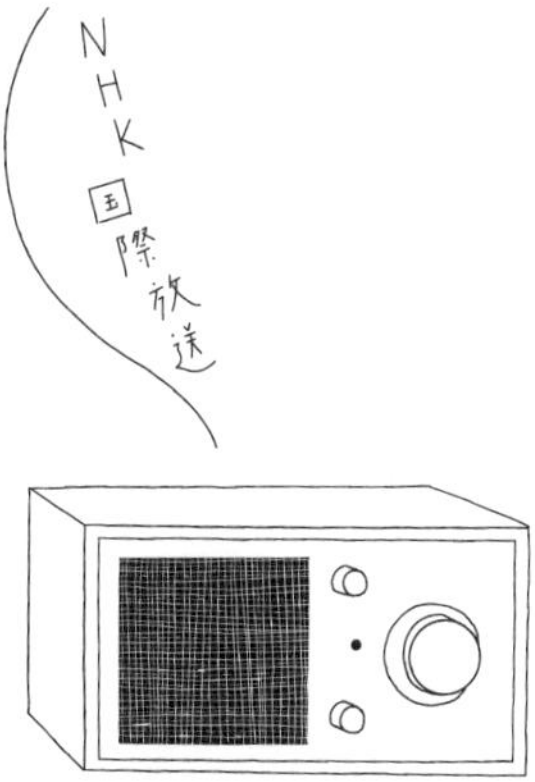

2021年10月23・30日初回放送

宮部みゆき（みやべ みゆき）

1960年東京都生まれ。87年「我らが隣人の犯罪」でオール讀物推理小説新人賞を受賞しデビュー。89年『魔術はささやく』で日本推理サスペンス大賞、92年『龍は眠る』で日本推理作家協会賞、『本所深川ふしぎ草紙』で吉川英治文学新人賞、93年『火車』で山本周五郎賞、97年『蒲生邸事件』で日本SF大賞、99年『理由』で直木賞、2001年『模倣犯』で毎日出版文化賞特別賞、02年に司馬遼太郎賞と芸術選奨文部科学大臣賞、07年『名もなき毒』で吉川英治文学賞、22年に菊池寛賞を受賞。主な著書に『ソロモンの偽証』『悲嘆の門』、「三島屋変調百物語」シリーズなど。

視界がにじむような雨の夜だった。

日中よりも、気温が十度近く下がっていた。それでも、もう春であることには違いないから、じっと佇《たたず》んでタクシーが来るのを待つあいだ、足踏みをして爪先《つまさき》を温めなければならないということはない。ただ、そうしたくなるような状況ではあった。

この三十分間、タクシーは一台も来ていない。

三宅悦郎《みやけえつろう》は、自分のうしろに立っている男を、横目でちらりと盗み見た。もういい年配だ。六十歳を越している――いや、七十近いかもしれない。髪のあちこちが白く光って見えるのも、頬《ほお》のあたりにそばかすのようなしみが見えるのも、街灯の明かりの加減のせいではないだろう。

やっぱり、なぎさハイタウンの住人かな――と思った。だといいのだが。それなら、相乗りができる。なにせ、ずっと二人きりで、ここで待ってたんだ……

大柄な体軀《たいく》の割に気が優しい——同僚にも、先月結婚したばかりの新妻にもそう評される悦郎は、深夜のタクシー乗り場で、しょっちゅうこんな気分になる。うしろに立って順番を待っている人を置き去りに、一人だけ悠々と走り去ることに、どうしても気が咎《とが》めて仕方ないのだ。

「ヘンねえ。気にすることないじゃないの。あなたの方が先に待ってたんだもの」

妻の道恵《みちえ》は笑ってそう言う。悦郎も、笑いながら答える。

「そりゃそうなんだけどさ。でも、ほんの一分か二分の差なんだよ。まして、うしろにいるのが年寄りや若い女の子だったりすると、申し訳ないような気がしてさ」

「あたしと付き合ってたころは、あなた、銀座や新宿で、よく身体《からだ》を張ってタクシーを停めてくれたじゃない？　あんな時は、争奪戦に勝つと、すごく得意そうな顔してたのに」

「あれはさ、繁華街だからだよ。ああいう場所でタクシーを停めようとしてるのは、みんな遊びに来てる連中だからね。べつに気は咎めないいんだ。平等だからさ。でも、終バスのあと、駅前でタクシーを待ってる人たちは、そうとは限らないだろ？　よんどころない用があって出かけてたのかもしれないし……」

「おかしな人ね。考えすぎよ」

確かにそうなんだよな。俺は考えすぎるんだ。また、ちらりと背後に視線を投げてから、悦郎は思った。お人好しもいい加減にしないとな。

でも——

背後の男は、こちらに横顔をみせて、T字路の信号の方へ、ぼんやりと目を向けていた。赤いランプが規則正しい間隔をおいて点滅している。信号が眠気をもよおして、ゆっくりとまばたきをしているかのようだ。それを見ていると、悦郎はなんだか急にくたびれてきてしまった。

〈〈早く家に帰りたい〉ってのは、サイモンとガーファンクルの曲だったたっけ……〉

傘をさしていると、その必要がないように感じられ、たたんでしまうと、頰が冷たい。そんなやっかいな雨だった。地下鉄の出口のところにある小さな時計は、午前一時十分すぎをさしている。町も人間も道路も信号もみんな眠たいのに、雨だけはそうではないようだった。

うしろの男は傘を持っていなかった。薄いコートに包まれた肩が、濡《ぬ》れて光っている。

これが郊外の新興住宅地だったなら、また事情が違うのだろう。終バスのあとのタクシー争奪戦は、繁華街のそれと同じように激しく、他人のことを考えたりする余裕はないのだろうから。なまじ都心に近い町で、タクシーを待つ人間も、やってくるタクシーの数も少ないから、変に感情移入してしまうのだ。

「来ませんなあ」

不意に、うしろで声がした。身体《からだ》をよじって振り向いてみると、背後の男が笑顔をこちらに向けている。右の上顎《うわあご》の、目立つところに金歯があった。

「ええ、来ませんねえ」

悦郎は答え、道路の向こう側に目をやった。急に話しかけられたので、照れ臭いような感じがした。

「いつもこんなものなんですか?」と、男は重ねて言った。「私はめったにタクシーを使わんものだから、よく知らんのですが」

「この時刻になると、こんなものですよ」

「終バスを逃すと、ロクなことにならんですな」男は小さく笑った。「ばあさんにこっぴどく叱《しか》られそうだ。そらごらんなさい、と」

「僕もですよ」

足を踏みかえて男の方に向き直りながら、悦郎は答えた。相手の感じのいい話し方に、少し安堵《あんど》して、話を続けてもいいような気になったのだった。

「お宅はどちらですか?」

悦郎が尋ねると、年配の男は、どういうわけか少し考えるように間をおいた。そして、逆に訊《き》いてきた。「あなたは?」

「なぎさハイタウンです。陸の孤島ですよ」

誇張ではなかった。埋立地に新しくどすんと建てられた集合住宅で、買物に行くにも、通勤するにも、車とバスに頼るしかない。最寄りの駅はここだけれども、午後十一時五分の赤バスが出てしまったあとは、タクシーを使うしか、帰宅する手段がない。一時間近く歩く覚悟があれば、また別であるが。

「そうですか。それは大変だ」男は共感するように頷《うなず》きながら答えた。

「もし、方向が同じなら――」悦郎は言ってみた。「相乗りして行きませんか。最初から知り合いのような顔をしていれば、運転手も断らないと思いますよ」

年配の男は微笑した。「やってみたことがあるのですかな？」

悦郎は思わず苦笑した。「ええ。それでカミさんに叱られたことがありますけどね」

これまでに四回ほど、相乗りで帰ったことがある。そのうち一回は、就職したばかりだという若いＯＬだった。もちろん、悦郎の方には妙な下心などなかったし、ＯＬの方もその辺をちゃんと考えて、この人なら大丈夫だろうと思ったからこそ、申し出に乗ってきたのだろう。

だが、翌朝コーヒーを飲みながら、何気なくそのことを話してみると、道恵は頬をふくらませて怒った。悦郎は本当に驚いた。

「ヘンなことをしたわけじゃないよ」

「そんなのわかってるわよ。だけど、とにかく気に食わないの。若い女の子と相乗りだなんて、とんでもない。二度とやらないでよ、いいわね？」

悦郎も妙に生真面目《きまじめ》なところがある男なので、ただ「気に食わない」では納得がいかなかった。

「オレのこと、信用してないのかな」

「そうじゃないわよ」

「二人しかいなかったんだよ。タクシー乗り場に。一時間も待ったんだよ。オレが乗っていっちゃったら、その娘《こ》、一人きりでもう一時間待ってなきゃならなかったかもしれないんだ。夜中の二時すぎにさ。危ないじゃないか。だから——」

「わかってるわよ！」道恵は、手にしていた布巾《ふきん》を叩《たた》きつけて大声を出した。「だけど、面白くないの。あたしには、よその女の子なんてどうでもいいの。どうなったってかまわないわよ。その娘だって、遅くなれば危ないことがあるかもしれないって、承知して遊んでるんだから。なにかあったって自業自得よ。だから、あなたが心配してあげることなんかないの。わかった？　赤の他人に、気やすく関わったりしないで。もっと大人になってよ」

それきり道恵が口をつぐんでしまったので、大きな喧嘩《けんか》にはならなかった。だが、いまだに解せない部分が多い。道恵の考え方は、やはり間違っていると思えてならない。そんな思いが腹の底にあったからだろう、悦郎は、笑いを交えながらも、けっこうちゃんと筋道を立てて、年配の男に、その時のやりとりを話してしまった。

聞き終えると、年配の男は、目尻《めじり》の笑いじわをいっそう深くして、楽しそうに笑った。

「あなたは優しい人なんですな」ぽつりと、そう言った。

「カミさんには、ただお人好しなだけだと思われてるみたいですよ。子供っぽいとかね」

「まあ、それは意見の分かれるところでしょう。あなたが相乗りの申し出をしたとき、妙に勘繰《かんぐ》る女性だって、いないはずはありませんからね」

「不自由なもんですね」と悦郎が言うと、男はあははと声をあげて笑った。そして、じっと悦郎の顔をながめた。

「とにかく、奥さんの可愛《かわい》いやきもちを怒っちゃ可哀相《かわいそう》ですよ」

その表情、視線のやわらかさに、悦郎はふとある人の顔を思い浮かべた。去年の夏のクラス会で、十五年ぶりに再会した、中学校の時の担任教師だ。先生も、あんなふうにうれしそうに、優しい顔をして笑っていた……

年配の男は、やがて笑いをひっこめると、小さな声で、独り言をもらすように言った。

「私は運が悪かった」

「え？」

思わず聞き返した悦郎をごまかすように視線をそらし、

「それにしても、タクシーの影も見えませんなあ」

ちょっと首をかしげて、

「歩きませんか？　じっとしていると、朝までここにいる羽目になりそうですよ」と言った。

「ええ、それはそうだけど……」

ということは、この人もやっぱりなぎさハイタウンの方へ帰るのかな？

「行きましょう」

促して、年配の男は歩きだした。確かに、そちらはなぎさハイタウンのある方角だった。悦郎は一瞬ためらってから、あとに続いた。だがその前に、名残惜しいというよりは一種の習慣で、すっとうしろを振り返り——

空車の赤いランプを灯したタクシーが近づいてくるのを認めた。乗り場の方へ、ゆっくりと滑るように走ってくる。

「あ、来た！」声が大きくなってしまった。

「来ましたよ」

男に声をかけておいて、乗り場の方へ身体を戻す。タクシーは近づいてくる。中年の運転手が、ハンドルをとりながらガムを嚙《か》んでいるのがよく見えた。

その必要はないのに、悦郎は手をあげてタクシーに合図を送った。運転手はそれを見たように思う。車はゆっくり走ってくる。

だが、停まろうとはしない。低速で流しながら、乗り場を通りすぎて行こうとする。

「あれ？　おい、ちょっと！」

両手を大きく振りながら呼び止めても、車は停まらない。運転手は頭を動かしもしない。追いかける悦郎を振り切るかのように、乗り場を数メートルすぎたところで、急にスピードをあげ車線の中央に戻ると、あっさりと走り去った。

啞然《あぜん》、という感じだった。

「なんです、あれ」と、悦郎は年配の男に言った。男は歩道の端に立っていた。

「ひどい乗車拒否だな。ナンバーを覚えておけばよかった」

悦郎が怒ると、男はタクシーが走り去った方へ目をやりながら、

「見えなかったんでしょう」

「はあ？」

「見えなかったんですよ、我々が」

「だって……」

言われてみれば、今の車は、乗り場に誰も客がいないことを確かめてからスピードをあげた――と思えないこともない。

だが、悦郎の姿が見えないはずはないじゃないか。

「歩きましょう」

年配の男は言って、ゆっくりと足を踏みだした。悦郎はしばらくそこへ佇み、辛抱強くまばたきを繰り返している赤信号を、意味もなくひと睨《にら》みしてから、やっと歩き始めた。


「子供のころ、犬を飼ってましてね」

十五分ほど無言で肩を並べて歩いたころだったろうか。年配の男が、ちょっとうつむき加減に目を伏せながら、そんなことを言い始めた。

くねくねと続くバス通りに沿って歩いてゆけばいいのだから、まさか迷う気遣いはないが、それでも、悦郎はときどき辺りを見回さずにはいられない。対照的に、男の足取りはずっと一定で、曲がり角や分かれ道に来ても、ためらう様子がなかった。

霧のような雨はまだ降り続いていたが、その冷たさは、あまり気にならなくなっていた。やはり、じっとしているよりも歩いているほうがいい。

寝静まっている深夜の町は、そのままそっくり、その内側にやわらかな人々の身体を包んだ卵にも似た、どこからも破ることのできない、侵入する術《すべ》のないひとつの物体のように見えた。朝が来て――あるいは、朝を連れてくる物音がして、その物体の出入口を閉ざしている知能のようなものが、そこに正しい暗証番号を読取り、「開けてもよい」と判断するまで、しっかりと外界を遮断して、たくさんの眠りを守るのだ。

悦郎と年配の男は、その周囲をひろい歩く、二人連れの淋《さび》しい歩哨《ほしょう》のようだった。

「どんな犬ですか」

さして興味はなかったけれど、男の心地よく低い声音《こわね》につられて、悦郎は尋ねた。

「雑種だったんです。二代か三代前には、純血種の柴犬《しばいぬ》がいたのかな――という程度のね。しかし可愛い犬でね。毎朝私が学校へ行くとき、門のところまで送ってきてくれたものですよ」

「名前は？」

「ロクといいました。親父《おやじ》の親父の代から通算して、うちで飼った六匹目の犬だったものですから」

それはまた犬好きの家だ。広い庭でもあるのだろうか、と思って、悦郎は訊いた。

「ご出身はどちらの方なんですか」

「この土地ですよ」男は言って、額《ひたい》のあたりを軽くぬぐった。雨が肌を湿している。「ずっとこの土地で生まれ育ちました。もっとも、戦時中には、私と二人の弟は、学童疎開で地方にやられていましたが」

それを聞いたとたん、悦郎には、隣の男が急に年寄りに思えてきた。嫌だな、戦時中の体験談を聞かされるのかな——

だが、その心配はなかったようだ。年配の男は軽い咳払《せきばら》いをすると、

「ロクは、私が成人するまで生きていました」と続けた。「おそろしい長生きですよ。ひょっとするとこの犬は不死身なんじゃないか、なんて冗談を言ったことがあるほどです」

「大事に飼っておられたからじゃないですか」

男は微笑した。「そうですかね。私には本当に大事な友達だったけれど、格別、手

厚く保護してやったような覚えはないんです」

そのまま、この雨の向こうでロクがしっぽを振っているのが見えるかのように、懐かしそうに目を細めている。

「うちでは一時、はつかねずみを飼ってたことがありますよ。あれも可愛かったな」話を続けるつもりで、悦郎はそう言った。「よく慣れて、僕の手の上で餌《えさ》を食べるんです。ひまわりの種なんですけどね」

ところが、悦郎の話などまったく聞こえなかったかのように、男は言った。「ロクが死んだとき、不思議なことがありましてね」

少し鼻白んで、悦郎はなんとも言えなかった。すると、男は顔をあげてこちらを見た。

「どんなことだと思いますか?」

「さあ……」

本当に、見当もつかない。この男、見かけによらずおしゃべりで、あまり他人に配慮をしない人なのかもしれないと、悦郎は思い始めていた。

「ある日、散歩に連れてゆきますとね」と、男は言った。「それまでまったく会ったとのない、赤の他人のあとを尾《つ》いて行こうとするんです。綱をひっぱって、どれほど強く止めても、前脚をぐいぐいあげて、首をしゃにむに突き出してね」

ひとつの家にずっと飼われていた犬の行動としては、確かに妙なことだ。

「本当に、見も知らない人だったんですか？　前の飼い主だったなんてことは……」

「ロクは、生まれたばかりの子犬のときに、うちにもらわれてきたんですよ。私の家族のほかに、飼い主がいたはずはありません」

男はきっぱりと言い、なぜか小さくため息をもらした。悦郎は言った。

「それじゃあ、なつかれたその人の方もびっくりしたでしょうね」

「ええ、ええ」と、年配の男は頷く。「気味悪がっていましたよ。若い娘さんでしたがね」

おや、と、悦郎は思った。「ひょっとして、その娘さんがあなたの奥さんになられたなんてことは？」

年配の男はお道化《どけ》るように両眉《りょうまゆ》をあげてみせた。口元が大きくほころぶと、目立つ金歯がまたのぞいた。

「そうですよ。よくわかりますね」

「犬が取り持つ縁ですか。いい話ですね」

タクシー乗り場で、たまたま一緒に居合わせただけの人間に、自分の人生のなかのメロドラマを語ってきかせるなんて、やっぱりおしゃべりな男なのだ。だが、その分、気のいい男でもあるのかもしれない。悦郎はくすくす笑ってしまった。

「私はロクをなだめながら、家内に——つまり、ゆくゆく私の家内になるその娘さんに謝りました。うちの犬は気が荒いわけではないから恐がらないでくださいと、一生懸命に弁解してね。それほど、彼女が怯《おび》えているように見えたからです」

「犬が嫌いだったのですか」

「いいえ、違います。彼女が恐がったのは、もっと別の理由からでした」

男は言って、初めて少し、歩調を乱した。まるで、話そうとしている内容がとても重いので、それを口元まで持ってきたとき、思わずよろめいてしまったとでもいうように。

「彼女はロクを知っている、というのです。このところ、続けてこの犬の夢を見た。この犬になつかれて、自分も可愛いと思って、とても楽しいのだけれど、すぐにこの犬は死んでしまう——そんな夢だ、と」

悦郎は足を止めた。男はそうしなかったから、二人の距離が、二、三歩分あいた。悦郎は大股《おおまた》で追いついた。

「怪談めいた話ですね」

なるほど、この男はそういうタイプだったのか。タクシーの運転手などにもよくいる。最近、不思議な体験をしましてね――と、語りだすというタイプ。

「そう……恐ろしい話です」と、男は言った。悦郎が遅れ、また追いついてきたことなど、まったく気に留めていないという表情で。

「その時、私は家内とは、不思議なことがあるものですねと言い合って、別れました。彼女は横断歩道を渡り、向こう側へ。私はロクを引き立てて、いつもの散歩のコースへと。だが、ロクはしきりと首をねじって彼女の方へ行こうとし、鼻を鳴らしているんです。私は首を叩いて落ち着かせてやろうとして、ほんの一瞬、ロクをつないでいる綱を持つ手を緩めました」

悦郎はなんとはなしに息をとめ、男の言葉を待った。

「ロクは、彼女を追って通りへ飛び出し、車に轢《ひ》かれて死にました」

予想していたようであり、また予想外でもあったような結末だった。

「当時のことですから、車と言ってもオート三輪ですよ。以来、家内はあれが大嫌いになりましてね。もっといい貨物輸送の車ができて、あれを町中《まちなか》で見かけることがなくなると、ホッとしたと言ったものです」

二人は、広い幹線道路をまたぐ交差点へとやってきていた。ここを越えれば、もうなぎさハイタウンの敷地内に入ったようなものだ。我が家は近いと思うと、悦郎の足に力が戻った。

「不思議な話をうかがいました」と、愛想よく言ってみた。「会社の女の子たちに話したら、喜ぶでしょう。みんな怪談が好きですから。それに、ロクはあなたと奥さんの縁結びをして死んでいったのだから、美談でもありますね」

男は返事をせず、手をあげて額の水滴をぬぐっただけだった。その水滴は雨滴《うてき》ではなく、汗のようにも見えた。なぜ、汗をかいたりするのだろう。

「そのことは、長いあいだ、私にとっても家内にとっても謎の出来事でした」

夜の闇《やみ》のなかに、なぎさハイタウンの白い建物が見えてきた。明かりのついている窓が、最上階にひとつだけある。その上に、点滅する赤い航空衝突防止灯。そのふたつを除けば、夜のなかに立つ巨人の墓標のように、ただ白く、ただのっぺりとしている。

「なぜロクは、見ず知らずの他人である家内を追いかけていったのだろう——それはずっと、謎でした。その謎が解けたのは、ほんの五年ほど前のことです」

「解けたんですか？」

種明かしのある怪談を聞くのは初めてだ、と悦郎は思った。

「はい、解けたんです。似たようなことが、家内の知人の身に起こりましてね」

その知人は、ある日、息子夫婦と孫と一緒に、ある遊園地に出かけた。そこで乗り物の順番を待っているとき、小学校の三年生ぐらいの男の子に、妙になつかれたのだという。

「もちろん、まったく知らない家の子供です。一面識もありません。でも、知人は思い出したのだそうですよ。ここ数日、毎晩のように見ている夢を。その夢のなかで自分になついてきて、一緒に楽しく遊ぶ子供の顔を」

それまでで初めて、悦郎は寒気を感じた。雨に濡れたせいだと、自分に言い聞かせた。こういう小糠雨《こぬかあめ》は身体の芯《しん》まで冷やすんだ——

遠くで、なにかが唸《うな》るような物音がしている。特大の蠅《はえ》が、十キロ先で飛び回っているかのような音。

「その子は死にました」と、年配の男は言った。抑揚《よくよう》を欠いた口調だった。

「ジェットコースターに乗っていて、いわゆる心臓マヒを起こしたんです。裁判沙汰《ざた》になったそうですよ」

「死んだというのは、それは――奥さんの知人の目の前で？」

「ええ、そうです」

二人はしばらく、無言で歩いた。特大の蠅が飛び回るような音が、少し近づいてきたように感じられた。

「あなたは結婚されたばかりですね」

不意に尋ねられて、悦郎は目を見張った。

「なんですか？」

「新婚さんでしょう？」

年配の男は、少しばかり泣いたような赤い目をしていた。

「ええ、結婚して、まだひと月です」

そう、と呟《つぶや》き、男はまたひとりごちた。「私は運が悪い……」

さすがの悦郎も、気味の悪さに声を荒らげた。

「さっきもそんなことを言っていましたけど、どういう意味ですか？　なんだか気持ち悪いんですすよ」

だが、男は悦郎の言葉になど耳を貸さず、自分ひとりだけの思考のなかにはまりこんでいるようだ。やがて、平たい声で、こう言った。

「結婚するとき、〈赤い糸の伝説〉というのを聞かされませんでしたか？　結婚相手とは、生まれたときから小指と小指が赤い糸で結ばれている——という話ですよ」

蠅の羽音のような唸りが大きくなり、悦郎の耳でも聞き分けることができるようになった。ああ、エンジンの音だ。また暴走族かな——

首を倒して空を仰ぎ、灰色の雲からにじみ出るように降ってくる雨を顔で受けとめて、男は言った。

「あの伝説は本当なのですよ。そして、それとは逆のこともあるんですよ」

「逆のことって？」

「死神です」

男は悦郎を見ようとしなかった。

「そう言っては酷かもしれないが、やはりそうとしか言いようがない。我々は、夫婦となる相手と赤い糸で結ばれているのと同じように、死にぎわに立ち会ってくれる相手とも結ばれているのです。たぶん、黒い糸でね」

本当に糸が巻きついているかのように、男は自分の手を凝視している。悦郎も、反射的にそうしてしまった。そこには何もあるはずがないのに。

「たいていの場合、臨終の場にいてくれるのは、家族や配偶者でしょう。赤い糸で結ばれている相手です。つまり、我々は、一生を終わりまで共にする相手と、赤と黒の二本の糸で結ばれているのです。たいていの場合は。しかし、そうでないこともある」

男の肩ごしに、なにか光るものが見えた。ヘッドライトだ。近づいてくる。エンジン音も、はっきり轟音《ごうおん》と呼べるほどに拡大されて――

「ときには、赤い糸で結ばれた相手とは違う相手と、黒い糸で結ばれている人がいます。死にぎわを看取《みと》るのは、その黒い糸で結ばれているほうの人間――つまり、その人間は、その人にとっては死神だ。その人と出会って、親しく言葉をかわすとき――動物ならば、頭を撫《な》でてもらい、可愛がってもらうそのとき――それが、死の訪れるときなんですよ。しかも、親しい身内に見守られることのない死。横死のとき。黒い糸で結ばれた相手が、その糸を断ち切って、あなたを現世から切り離す――」

　ぬるぬるした手で背中を撫でまわされたような気がして、悦郎は震えた。

「私は運が悪かった。私だって辛《つら》いんです」と、男は顔を歪《ゆが》めて言う。「私は、あなたみたいな優しい人の死神にならねばならないようだから。なぜでしょうね？　なぜ、私とあなたの組合せなのだろう。誰にもわからないことだ。運命というやつは、とても広いゲーム盤かパズルのようなものであるらしい。私にもあなたにも、二人のあいだに共通点や因果関係を見つけることなどできないが、運命の目から見るならば、私とあなたには、隣り合って並ぶにふさわしい、同じような模様がついているのかもしれない。だからこそ、出会ったときに、互いに互いを懐かしく感じるのかもしれない。決められていた相手に巡り合ったと思うから。だからロクは家内になついた。だから死んだ子供は知人になついた。やあ、見つけた、片割れを見つけた。そう思うから、二人が出会うことで完成される運命の絵柄を見つけたから。だがそれは自分の目には見えない。決して、決して見えない。あなたが最後に見つめるのは、運命のはさみで黒い糸を断ち切るあなたの死神の顔だけだ――」

唐突に、さようならと、男は言った。くるりと背を向けて立ち去ってゆく。両手を身体の脇《わき》にたらし、ただ茫然《ぼうぜん》と立っていた悦郎の目に、その背中が急に懐かしいものに見えた。行かせてはならない。もう少し話をしたい。ただそれだけを思った。

「ちょっと！　ちょっと待ってください！」

道路に足を踏みだす。走ろうとして足を動かす。そしてそこに、唸るエンジンと切り裂くようなヘッドライトの光――


はっとして、三宅悦郎は目を覚ました。

電車はもう駅に停車していた。当駅止まりだから、同じ車両の客たちがぞろぞろ降りて行く。どの駅で眠り込んでしまったのだろう？

あわててホームに降り、照れ隠しにひとつ息をついた。目を覚ますのがもう少し遅れていたら、駅員に揺り起こされていたところだ。

それにしても、妙な夢を見たものだ。まだ心臓がどきどきしている。道恵に話したら、心配させてしまうかもしれない。自分が死ぬ夢だなんて、新婚早々縁起でもない。

改札を抜けるまでは、ある程度人数がいたのに、街路に出ると、タクシー乗り場の方へ向かっているのは、悦郎一人だけだった。今夜、終電に乗っていたなぎさハイタウンの住人は、彼一人だけであったらしい。

悦郎は折畳み傘を広げた。

視界がにじむような雨の夜だった。

日中よりも、気温が十度近く下がっていた。それでも、もう春であることには違いないから、じっと佇んでタクシーが来るのを待つあいだ、足踏みをして爪先を温めなければならないということはない。ただ、そうしたくなるような状況ではあった。

この三十分間、タクシーは一台も来ていない――

太陽

森絵都

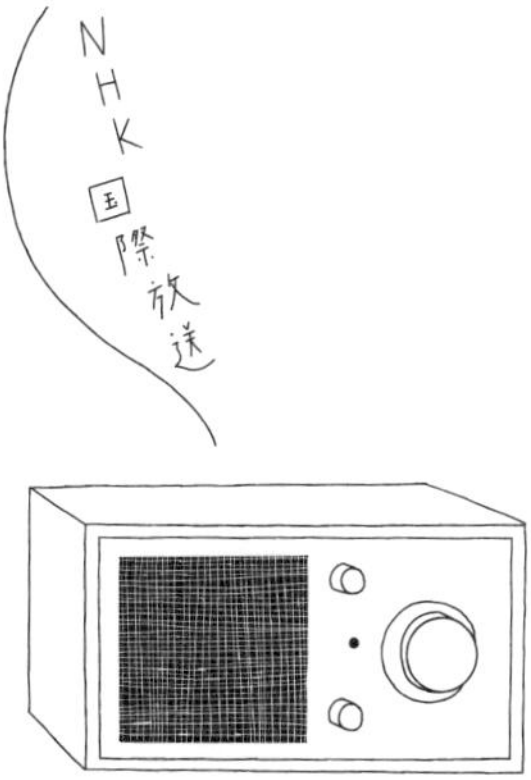

2022年1月22・29日初回放送

森 絵都（もり えと）

1968年東京都生まれ。90年『リズム』で講談社児童文学新人賞を受賞しデビュー。95年『宇宙のみなしご』で野間児童文芸新人賞と産経児童出版文化賞ニッポン放送賞、98年『つきのふね』で野間児童文芸賞、99年『カラフル』で産経児童出版文化賞、2003年『DIVE!!』で小学館児童出版文化賞、06年『風に舞いあがるビニールシート』で直木賞、17年『みかづき』で中央公論文芸賞を受賞。主な著書に『永遠の出口』『カザアナ』『獣の夜』など。

すべてのものは失われる。すでに失われたものは失われつづけて、まだ失われていないものはいずれ失われる。なにものも喪失をまぬがれない。自分自身すらも。だから嘆いちゃいけない。私は自分に言いきかせる。過去に執着しないこと。変化を肯《うべな》うこと。細胞の新陳代謝を阻害しないこと。この不確かな世界と折りあっていくための柔軟性を確保すること。

*

「予約は必要ありません」
予約をしようと電話した私に、風間《かざま》歯科医院の受付嬢は告げた。

「月水金の診察時間内でしたら、いつでも、お好きなときにいらしてください」

助かった――と安堵《あんど》した直後、その倍の不安が私を襲った。

予約が要らない歯医者。それは、人気がない歯医者と同義なのではないか。そして、人気がない歯医者とは、技術がない歯医者と同義なのではないか。あるいは、気性が荒い歯医者、高圧的な歯医者、心の冷たい歯医者、うっかり者の歯医者、道楽者の二世歯医者、手先の不器用な歯医者、やたらインプラントを勧める歯医者、等々と。

疑心をうずまかせながらも、その午後、私がすごすごとその歯科医院へ出向いたのにはそれなりの事情がある。

奥歯に釘《くぎ》をねじこまれるような痛みに襲われたのは、前日の夜――よりによって日本初の緊急事態宣言が発出されたその日のことだった。ステイホームどころではない激痛に、あわてて近場の歯医者を探すも、ある医院は診療時間を短縮中で三週間先まで予約がうまり、ある医院はスタッフ不足のため新規患者を受けつけておらず、ある医院は五月六日まで休業中、とことごとく空ぶりに終わっていた。

徒歩圏内にある最後の砦《とりで》が風間歯科医院だったのだ。

今どきウェブサイトがなかったり、口コミが一件も見つからなかったりと、予約が要らない以外にも不安要素の多い歯医者ではあった。が、首都の完全封鎖も考えられる未来を思えば、やはり近場にこしたことはない。

とりあえず行くだけ行ってみよう。まずはこの痛みを止めてもらうだけでもいい。

大きな期待はせずに家を出た。

謎多きその歯科医院は私が住んでいる賃貸マンションから徒歩十五分、大通りの喧《けん》騒《そう》から外れた住宅街の一角にあった。外観は淡いグレーの鉄筋二階建て。同じ色味で統一された院内の待合室には深い洞窟《どうくつ》を思わせる静けさが立ちこめていた。順番を待っている患者の影はない。壁をにぎやかすポスターもなければ、雑誌を並べた棚もない。カウンター越しに会釈をよこした受付嬢の口を覆う水玉模様のマスクだけが、唯一、その無機質な空間にほのかな色味を添えていた。

初診の手続きを済ませた私はすぐ診察室へ通された。

「初めまして。院長の風間です」

現れたのは院長にしては若い小柄な男性だった。私と同じ三十代の半ばか、もう少し下か。丸い黒目の柔らかさと、天然パーマのくりくりした頭が、「長」を冠する人間らしからぬ愛嬌《あいきょう》をかもしだしている。

「では、さっそく診せていただきます。マスクを外して口を開けてください」

そう言われ、マスクをしたままでいたことに気がついた。同時に、久しぶりに人前で口元をさらすことに気づき、私は妙な気恥ずかしさをおぼえた。

「あー」

私の奥歯をのぞきこむなり、風間先生は気になる吐息をもらした。

「かわいそうに。これ、虫歯じゃありませんね」

「はい？」

「一応、検査しておきましょうか」

かわいそう？　謎のつぶやきを頭で反芻《はんすう》しながら受けた検査の結果は衝撃的だった。

「加原《かはら》さん、どうか冷静に聞いてください。これは、ときどきあることです。とくに僕のもとへ来られる患者さんにはままあることです。ですから特殊な症例と思わないでほしいのですが、検査の結果、加原さんの奥歯には何の問題も見つかりませんでした。歯茎も至って健康です。物理的には痛む理由がありません」

診療椅子に体を横たえたまま、私は風間先生のつぶらな瞳にまじまじと見入った。

「でも、痛いんです」

「わかります。理由がないと言われても、痛いものは痛い。その痛みに嘘はないでしょう。ご本人にとっては切実な実体を伴った痛みであるはずです。僕はそれを、代替ペイン、と呼んでいます」

代替ペイン、と風間先生は新曲のタイトルでも発表するように言った。指ではじく弦楽器のようによく通るその声は、漆喰《しっくい》の壁に反響し、たまゆら宙を浮遊した。

「つまり、こういうことです。加原さんの中で実際に痛んでいるのは、歯ではなくて別の部分です。歯はその身代わりとして痛みを引きうけているにすぎません」

「別の部分?」

「端的に申しあげれば、心です」

間髪《かんはつ》を入れずに風間先生は「わかります」と続けた。

「皆さん、そういう顔をされます。でも、くりかえしますが、これは特殊な症例ではありません。世の中には心因的な胃痛に苦しむ人もいれば、心因的な頭痛に苦しむ人もいる。加原さんの場合は心の痛みが歯に出た。それだけのことです」

心因的な歯痛。それは本当に「それだけのこと」なのだろうか。

頭の混乱が収まらないまま、とりあえず私は聞くべきことを聞いた。

「仮にこれが心因的な痛みだとして、それは、どうすれば治るんですか」

「まずは真なる痛みの正体を見極め、直視することです。何かがあなたの心を痛ませている。あなたはそれに気づいていない。あるいは、気づいていながら目をそむけている。このままではあなたの歯が心に代わって痛みを背負いつづけることになります」

こんなインフォームドコンセントがあるだろうか。

突飛な宣告をいぶかりながらも、私は声を出せずにいた。何の前触れもなく始まった歯痛。適量の倍近く飲んでも効かない市販の鎮痛剤。うっすらとした予感はあった。この痛みはどこか普通ではないと。

「いいですか、加原さん。どうかご自身の心をよく見つめてください。あなたを悲しませているもの、苦しめているもの……目をそらさずに、じっくり探してください。よろしければ僕もお手伝いします。二人三脚でがんばりましょう」

「はい。あ、いえ、でも……」

ただでさえ人間を無力化する診療椅子の上で、どこまでも穏やかな声にぼんやり聞き入っていた私は、最後の最後、ようやくはたと我に返って言った。

「でも、これが心因的な痛みだっていう確証はあるんですか」

精一杯の抵抗。しかし、風間先生は表情を変えずにレントゲン写真を指さした。

「この奥歯には、残念ながら、もう神経がまったく通っていないんです」


そういえば、十年以上前に虫歯をこじらせ、神経を取った歯があった。すっかり忘れていたけれど、どうやら、それが右上のこれだったらしい。ということは、つまり、私は痛覚がない歯の幻の痛みに悶《もだ》えていたことになる。

「お好きなときに服用してください」

頭の整理がつかないまま会計を済ませた私に、受付嬢はなぜだか効かないはずの内服薬を差しだした。

「ほんの気持ちです。風間先生からの」

いたずらっぽい笑みの意味を知ったのは、表へ出てからだ。

内服薬の袋をのぞくと、そこには、小さな茶色い四角が三つ。キャラメルだ。

一気に緊張がとけて体が弛緩《しかん》した。早速、マスクの下から一粒を差しこむ。昔なつかしい甘味が口いっぱいに広がっていく。

空を仰げば、一面の青がまぶしい快晴の昼さがりだった。往路よりもゆっくりと歩いた通り沿いでは、ハナミズキやアカシア、木蓮《もくれん》などの庭木がふわふわと花を咲かせていた。若い緑が太陽光を濾過《ろか》し、無数の清き光の粒を地に注いでいる。文句なしの陽気だった。虫も踊りだしそうな春だった。マスクにふさがれた顔半分だけが、しかし、不快に湿っている。

キャラメル三粒を食べつくして帰宅した私は、洗面所で念入りに手を洗いながら、依然熱を伴い疼《うず》いている奥歯とようやくまっすぐ向きあった。

さて、この代替ペインとやらをどうしてくれようか。

この数ヶ月間、現実感を失うほどの勢いで悲劇が拡大し、人々の生活にあまたの影響をおよぼしていく中で、自分はまだ恵まれているほうだと思っていた。

某食品製造会社の経理部に雇われて十一年。利益の激減に苦しむ企業が少なくない今も、保存食需要のおかげでうちの会社はむしろ売り上げを伸ばしている。三月末から在宅ワークに入っている私自身の作業効率も上がった。不要不急の雑事を押しつけてくる上司がいないためだ。

独居＋在宅ワークの完全単身生活にも徐々に慣れてきた。人恋しさはあるけれど、一方で人に煩《わずら》わされない気楽さもあり、失われた残業代の代わりに自由がある。こうなったからには弾力的に生きていくしかないと居直ってもいた。

無論、日々の小さなストレスはある。外出の自粛。混雑するスーパー。町から消えたトイレットペーパー。日に日に「休業中」が増えていく飲食店。誰かの咳《せき》に過剰に反応する視線。不安をあおるネット記事。

でも、それらはいまや全人類共通のストレスだ。自分だけではないと思えば、人間、大方のことには順応していける。

代替ペインの犯人は、だから、この大禍《たいか》とは無関係の何かだと私は本能的に感じていた。

全人類を呑《の》みこむカタストロフィーの圏外にあるもの。もっと個人的な。

思いあたる節はあった。

「私、最近、ある男性と別れたんです」

風間先生に電話でそれを打ちあけたのは、風間歯科医院を訪ねた翌々日だった。

た。

「二人三脚でがんばりましょう」の一語に甘えてのことだが、もしも私の思う容疑者が代替ペインの犯人であるならば、一刻も早く退治してしまいたいという焦りもあった。

奥歯の痛みは依然耐えがたく、おかゆやスープ以外は口にできないほどで、夜もまともに眠れない。心から生じた痛みがめぐりめぐって尚も精神を消耗させていた。

「すみません。こんなプライベートな話を歯医者さんにするなんて、どうかしてますよね」

「いえいえ、歯にしても心にしても、痛みとは総じてプライベートなものですよ」

風間先生は慣れた様子だった。

「よろしければ聞かせてください。その男性との別れに関して、加原さんの中には消化できていない何かがあるのでしょうか」

「消化……できてないですね。あまりに突然でしたし、それに……」

そう、私にとってそれはクラッシュ事故のようなものだった。安全運転を心がけていたつもりが、突如、横から突っこんできた車に当てられ、こっぱみじんにされた。

「その彼とはずっと安定した関係だったんです。友達の紹介で二年前に知りあって、とくに波乱もなく続いてきました。最近は私も将来のことを考えはじめてましたし、外出の自粛が始まったころ、この際だから一緒に暮らすのはどうかって彼に持ちかけてみたんです」

「ああ。そういうカップル、わりといるみたいですね」

「はい、彼にも言われました。みんな同じことを考えるんだな、って。私、彼も同棲《どうせい》を考えていたんだなって、ホッとしたんです。でも、違いました。彼は私と二股をかけていた女性からも同棲を持ちかけられて、その子と暮らすほうを選んだんです」

「え」

一瞬、言葉につまりながらも、風間先生は白衣の人間らしい冷静さを失わなかった。

「それは……大変なときに、大変な目に遭われましたね。消化できなくて当然です。つまり、加原さんの中には悲しみだとか、怒りだとか、さまざまな感情が今も残っているわけですね」

「はい、ひととおり残っています。広く浅く」

「広く浅く?」

「その……じつは、その彼とは本当に落ちついた関係で、淡々と、波乱がない代わりにもりあがりもないっていうか、苦しくないけど楽しくもないっていうか、とにかくずっと安定した低空飛行みたいな状態が続いていたんです。今から思えば、私、その安定感に依存していたのかもしれません。なので、裏切られたのはショックでも、それほど彼自体への未練はないっていうか……」

「なるほど」

「むしろ本性がわかってよかったです。二股をかけたあげくに平気で人を切りすてるような人ですし、あのまま一緒にいたら、もっと大事故に至っていた可能性もありますし」

「ええ、ええ、大いにありえますね」

「ですから、もしも代替ペインの犯人が彼だとしたら、正直、なんていうか、ものたりない気がするんです。こんなに痛いのに、その原因があんな男なのかと……」

負け惜しみではなく、それは本心からの声だった。失って初めて大事なものに気づく、と人はよく言うけれど、失って初めて気づく大事じゃないものもある。愛情ではなく安定のために自分をごまかしつづけたツケは自分にまわってくる。彼は私にそれを教えてくれた人だ。

が、しかし、もしもこの代替ペインがその「気づき」を根底から覆し、私をさらなる悟りへ導くための試練であるならば——そこまで考えて、私は挫折《ざせつ》した。そんなややこしいことを考えつづけるには歯が痛すぎる。

「おっしゃることはわかります。元彼は犯人に値しない、というわけですね」

短い黙考のあと、風間先生は言った。

「ともあれ、まずは確かめてみましょう。加原さん、今日一日、集中してその彼のことを考えてみてください。怒りでも悲しみでもくやしさでもいい、彼に対するご自身の感情と、とことん対峙《たいじ》してください。もしも犯人が彼であるならば、明日には歯痛が弱まっているはずです」

私はそれを約束して電話を切った。

そして、その日一日、彼との記憶に浸った。もはやさっさと忘れるしかないと思っていた男を脳内ゴミ箱から引っぱりだし、ふつふつとよみがえる感情にしかと耳を傾けた。裏切りによる傷。くじかれたプライド。敗北感。徒労感。よりによってこんな時期に、という若干の逆恨み。消滅したほのぼの系未来像への心残り。ややもすれば一人になった自分の将来に対する漠然とした不安へ流されがちな思考を修正し、むりやり彼のことを考えつづけた。

ほぼ眠れずに迎えた翌朝、寝返りも打てない奥歯の痛みは微塵《みじん》もやわらいでいなかった。

「やっぱり」

彼は犯人の器じゃなかったのだ。

よし、と私は小さくこぶしをにぎりしめた。

しかし——では、真犯人は何なのか。


幻の歯痛にとりつかれて一週間、じわじわ減っていた体重がついにマイナス二キロに達した。平時であれば万々歳だが、コロナ禍の今、免疫力を落とすのはまずい。

切羽つまった私は躍起《やっき》になって真犯人を探しはじめた。何が私を痛めつけているのか。朝も晩も、自分の心を丹念に触診するように、かたいしこりや生傷を追いつづけた。

時期が時期なだけに、容疑者はつぎつぎ浮上した。

週二で通っていた飲み屋が休業し、店長や常連たちとバカ話ができなくなったこと。

一人飲みが過ぎた夜、四年前に別れた彼につい打ってしまったＬＩＮＥのメッセージを既読スルーされたこと。

このところ三日に一度は「あああああーっ！」と隣人の絶叫が聞こえてくること。

エクセルのできない上司から毎日ＳＯＳの電話がかかってくること。

女友達とのＺｏｏｍ飲み会で上司のグチをこぼしたら、「在宅できるだけマシ！」と激昂《げっこう》され、以降、気まずくなってしまったこと。

盛岡在住の母から「とにがぐ今はそっちでけっぱりなさい」と、帰省牽制《けんせい》の電話がしょっちゅうかかってくること。

老いて病んでいる実家の犬にいつ会えるかわからないこと。

会えないといえば、別の女と暮らしている元彼の飼い猫にもう永遠に会えないこと。

芋づる式にずるずると浮かぶ。

私にかぎらず、この非常事態の渦中にいれば、誰しもそれなりの鬱屈《うっくつ》を抱えているだろう。それらのすべてが積みかさなり、総体として私を追いつめている可能性もある。

「全員が犯人ってことはありませんか」

私は風間先生にふたたび電話をして尋ねた。

「有名なミステリー小説にもありましたよね。登場人物の全員が共犯者なんです」

「確かにそのようなケースもあります」

現実は小説より奇なり、を地でいく先生は言った。

「あるんですか」

「ええ、記憶に新しいところですと、二十三人の児童を受けもつ小学校の先生を追いつめていたのは、二十三人全員だった、とか」

「あ……今、一瞬どきっとしちゃいましたけど、じつは普通の話かも」

「はい。誰に対しても平等に心を配る、いい先生だったのです。だからこそ、彼女を日々やきもきさせていた二十三人は、共犯者であるのと同時に、救済者にもなり得ました。皆からの励ましの手紙が何よりの薬だったようです」

「いい話ですね」

「はい。でも、加原さんは違います」

「はい？」

「加原さんのケースは単身犯だと僕は思います」

いつになく確信的な言いきり。私の胸が暴れだす。

「なぜわかるんですか」

「勘です」

「は?」

「ええ、歯です。僕、歯を見ればわかるんです」

ときどき彼の言うことがわからない私に、風間先生は根気強く説いた。

「どうかもう一度、じっくりと考えてみてください。どんな些細《ささい》なことでも結構です。あなたが取るにたらないと思いこもうとしていることが、じつはそうでなかったりする。それが代替ペインです」


流し台の片隅にチラつく黄色に視線を定めたのは、全員犯人説を否定されたその夜のことだ。

その黄色はもう何日も前からそこにチラついていた。はるか以前からキッチンの構成要素の一部であったかのように、ステンレスの台に溶けこんでいた。日々、幾度となく私の視界に入りこんでいたのを、意識から締めだして放っていたのだ。

しかし、この日にかぎってその黄色が妙に生々しく感じられ、私はそろりと歩みよった。

真っ二つに割れたかけらを手に取る。

右手と左手に一つずつ。

かすかな、しかし確かな痛みが、瞬間、胸骨の奥を駆けぬけた。

まさか——。

暗がりの中、息を殺して、私はその鋭利なかけらに見入りつづけた。


「まめざら？」

風間歯科医院の患者はこの日も私だけだった。「一応、ポーズだけでも」と通された診察室で、形ばかり椅子に体をあずけた私に、二メートルのソーシャルディスタンスを置いた先から風間先生は困惑のまなざしを向けた。

「それは、豆の一種ですか」

「いいえ、お皿の一種です」

これくらいの、と私は両手の指でタマネギ大の円を象《かたど》った。

「小さなお皿です。お醤油《しょうゆ》入れにしたり、取り皿にしたり、いろいろ使えて便利なんです。場所も取らないし、値段も安いし、なにより見た目がかわいいので、私、集めているんです。食事のたびに豆皿を変えるだけで、なんとなく気分が上がるっていうか」

「なるほど」と、風間先生は表情をゆるめた。「日々の彩りですね」

「はい。上京して一人暮らしを始めた大学時代からこつこつ集めはじめて、今、百枚ちょっとかな。ながめているだけでも気持ちがなごむんです」

陶器、磁器、漆。円形、多角形、扇形。花や野菜、動物の形を模したもの。素材も形もバラエティ豊かで、個々それぞれの味がある。豆皿の世界は奥深い。

診療椅子の上で語ることではないと思いつつ、私は豆皿について熱く語った。

「とりわけ気に入っている何枚かは、すぐ取りだせる食器棚の最前列に重ねています。センターポジションです」

「お皿にも序列があるわけですね」

「はい。中でも不動のナンバーワンは、黄色い豆皿でした」

私は声を落とした。

「淡い、優しい黄色です。ホットケーキの上でとろけるバターみたいに。形はシンプルな円形ですけど、よく見ると、縁に沿ってぐるりとリーフ模様が彫りこまれているんです」

その豆皿と出会ったのは常滑《とこなめ》の街だった。旅先での常として、新たな豆皿を求めてそぞろ歩いていた私は、北欧風のカラフルな常滑焼を扱う店の前で足を止めた。その狭い店内を映《は》やす色彩の渦の中、たしかにぴかりと光っていたあの黄色い一枚との出会いは、まごう方なき運命だったと思いたい。

電撃的なひとめぼれ。自分だけの太陽を見つけたようなときめき。手に触れた瞬間、心にぽっと陽《ひ》が差した。

その光はその後も絶えることなく、私の地味な食卓をほがらかに照らしつづけてくれた。全体的に茶色くパッとしない料理も、黄色い豆皿を横に添えれば、一気にぐんと華やいだ。冷めた料理だってふたたび湯気を立てる気がした。

直径十センチの小さな太陽。いつも私を温めてくれた。

だからこそ、私はその豆皿を多用しすぎないようにと自分を律していた。

「黄色い豆皿は本当に、本当に特別だったんです。いやなことがあった日とか、気持ちがふさいでいるときとか、あの明るさを本当に自分が必要としているときだけ使っていいお皿」

　ふうっと息をつき、私は言った。

「十年間、大事にしてきたそのお皿を、割ってしまいました」

風間先生の凪《な》いだ瞳に変化はなかった。話の展開を読んでいたのかもしれない。

「ぼうっとしていて、お皿を洗っているとき、うっかり割ってしまったんです。ショックで、へたりこんで、しばらく動けませんでした。割れたお皿も捨てられなくて、今も流しに置いたきりです」

　でも、と私はマスクの下のくちびるを噛《か》んだ。

「でも、なるべくそれを見ないようにもしていたんです。こんなことを引きずっちゃいけない、落ちこんじゃいけない、って。こんなときに……世界中がとんでもないことになっているときに、豆皿一枚でくよくよしているなんて、なんかおめでたいっていうか、不謹慎？　とにかく、おとなげないじゃないですか。だから、豆皿のことはなるべく考えないようにしていたんですけど……」

尻すぼみに声がとぎれた。続きをなかなか言えずにいると、風間先生が代わって口にしてくれた。

「あなたは豆皿を失った痛みから目をそむけてきた。行き場を失った痛みは代替ペインとなって歯を襲った。そうお考えなのですね」

私は頰《ほお》を熱くした。

「まさかとは思ったんです。だって、豆皿ですよ。物ですよ。でも昨日、夜遅くまで豆皿のことを考えていたら、今朝、心なしか奥歯の痛みがやわらいでいたんです」

風間先生の目が微笑《ほほえ》んだ。

「おめでとうございます。ついに真犯人を突きとめましたね」

私は微笑みかえせなかった。

「でも、こんなことってあるんでしょうか。交際相手を失うより、豆皿を失うほうがダメージが大きいなんて」

「僕も加原さんのお話を聞いて、元彼よりも、割れた豆皿を惜しく思いましたよ」

「でも……でも、しょせん豆皿は豆皿ですよ。しつこいようですけど、世界は今ひどい状況で、前代未聞の危機に瀕《ひん》していて……」

目を閉じ、私は思い起こす。日増しにふくれあがっていく各国の死者数。医療現場の逼迫《ひっぱく》。観光業や外食産業の悲鳴。「マスクない」の大合唱。

「こんなときに、豆皿一枚で、私は……」

「こんなときだからこそ、その豆皿一枚があなたには必要だったんじゃないですか」

この数日間、私がマスクを隔てず会話をした唯一の人である先生の言葉に、はたと目を開いた。

無影灯の下には万物の陰を吸いこむような笑顔があった。

「いつ終わるとも知れない緊張の連続の中で、あなたはいつも以上に毎日のぬくもりを求めていたはずです。そんなときに太陽を失った。それは宇宙規模の喪失です。それだけあなたがそのお皿を大切にしていたってことです。僕は素敵だと思います。素敵な犯人です」

素敵な犯人。すべてを肯定してくれるその一語に、肩からふっと力が抜けた。私を縛っていた何かがほつれる。滞っていた感情が流れだす。

「風間先生。私、豆皿のことで悲しんでもいいんですか」

「もちろんです。悲しんでください。思う存分、どっぷりと。その代替ペインが消えるまで、心の痛みを痛みつくしてください」

「十分に悲しめば、痛みは消えますか」

「消えます。もうすでに消えはじめているはずです」

「あ……」

言われてみれば、今朝よりもさらに痛みが薄らいでいる気がする。今晩はまともにものが食べられるかもしれない。早くも食欲さえ兆《きざ》しはじめている自分の現金さに驚く。

「わかりました。やってみます。見苦しい未練のかぎりを尽くして、ジタバタ悲しみぬきます」

私は風間先生に約束した。

「痛みが完全に消えたら、またご報告に来ます」

「ええ、待っています」

まさに二人三脚だったなと、胸中、私はしみじみとした感慨に駆られていた。ちょっと普通じゃない風間先生がいればこそ、ちょっと普通じゃない歯痛と私は対決することができた。もしもまともな歯科医にかかっていたらどうなっていたことか。

運命の妙に思いを馳《は》せながら診療椅子を降り、待合室へ足を進めたところで、「あ、加原さん」と風間先生が追ってきた。

「今日は、お代は結構です」

「そうはいきません」

私はあわてて言い返した。

「ちゃんと払わせてください」

「でも僕、とくに何もしてませんし」

「話を聞いていただいて、おかげで痛みがやわらぎました。立派な治療です。それに、こんなことタダでしていたら、先生だって経営が……」

風間歯科医院の懐具合を危ぶむ思いが声に滲《にじ》んだのか、風間先生は丸い目を垂らして頭を掻《か》いた。

「いや、その点は大丈夫です。じつは僕、ここを開いている日以外は、大学病院の歯科を手伝ってるんです」

「え。そうなんですか」

「はい。そっちでも大した治療はしてませんけど、勘がいいってだけで、なんとなく重用してもらって」

「勘」

「前にも言いましたけど、僕、歯を見るとわかるんです。っていうか、読めるんです。その歯の求めていることが」

「歯の求めていること?」

「変な歯医者ですよね。先輩たちからも、君は歯医者ってよりは歯読《はよみ》だ、なんて言われちゃって、ハハ」

搔きすぎてますますくりくりになった頭が反りかえった直後、背後からカランと音がした。

「ごめんください」

ふりむくと、玄関のガラス戸から四十くらいの男性がきょとんと顔をのぞかせている。

誰だろう。五秒くらい考えて、あ、患者か、と思った。その患者も自分以外の患者と遭遇した驚きを隠せず、しばし玄関に立ちつくしていた。

沈黙を破ったのは風間先生だ。

「しばらくですね、新井《あらい》さん」

その一声を皮切りに、ふたたび時間が流れだす。

「ごぶさたです、先生。今ってお時間、大丈夫ですか」

「ええ、大丈夫ですよ。診察ですか、雑談ですか」

「雑談です。あ、でも、せっかくだから歯石も取ってもらっちゃおうかな」

ゆるいやりとりに笑いをこらえつつ、私は新井さんと入れちがいに風間歯科医院を後にした。

結局、お代は受けとってもらえなかった。

「こちらは先生の気持ちです」

受付嬢からもらった内服薬の袋にはクッピーラムネが入っていた。

父の背中で見た花火

森浩美

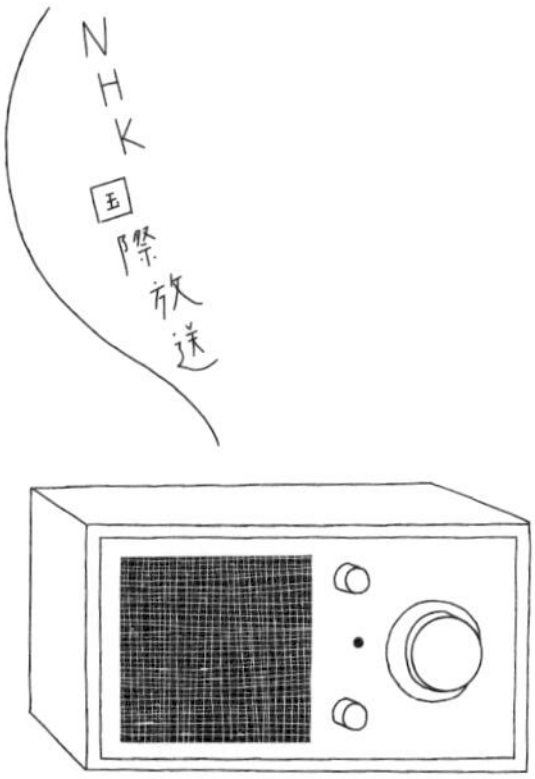

2021年7月17・24・31日初回放送

森 浩美（もり ひろみ）

放送作家を経て、1983年より作詞家として活動。森川由加里『SHOW ME』、田原俊彦『抱きしめてTONIGHT』、SMAP『青いイナズマ』『SHAKE』、KinKi Kids『愛されるより愛したい』など数多くのヒットナンバーを手がける。2006年『家族の言い訳』で作家デビューし、『終の日までの』に至る家族小説短編集をシリーズ刊行、ベスト版として『家族のかたち』がある。主な著書に『こころのつづき』『ほのかなひかり』など。

「お父さん、お母さん、とにかくこの夏の間だけでいいから、麻季《まき》の面倒を見てもらいたいの」

娘の美咲《みさき》が、ほぼ一年ぶりに東京から帰省したと思ったら、いきなりそう切り出した。

「預かってくれと頼まれれば預かるが、訳はなんなんだ?」

そう尋ねると娘は顔を歪《ゆが》めて「離婚した」と答えた。

「はあっ?」

私と妻の伊津子《いつこ》は、同時に大きな声を上げた。

「離婚したって、美咲」隣で動揺した妻が声を震わせる。

「別れたいって話じゃなく、もうしちまったってことか」私は努めて冷静さを装って聞き返す。

「そう。もう離婚届も出した」

「何やってるのよ、あなたはっ」妻が首を振る。

娘は今年の暮れには三十五になる。東京で所帯を持ってから七年が経つ。

「麻季が、麻季が可哀想じゃないっ」

取り乱し気味の妻が、居間のソファにちょこんと座ってテレビを見ている五歳の孫娘の背中に目を向けて叫んだ。

孫はダイニングテーブルを囲む私たちの方へ振り向いた。

「あ、麻季ちゃん、ごめん。なんでもないからな」

私が慌ててそう繕うと、孫は再びテレビ画面に向き直った。

「おい、母さん」私は妻を、少し落ち着けと窘《たしな》めた。

「でも、お父さん、この子ったら……」

「ああ、分かってるって。だが、そんな声を上げたら、あの子がびっくりするだろう。

それにしても美咲、そんなに重要なことを何ひとつ親に相談もせず……。それで、いきなり子どもの面倒見てくれって言い草があるか」

私は妻から娘に視線を移すと、抑えた声で言った。

「相談しなかったのは悪かったって思ってるけど、でも、相談したからってどうにかなるものでもないし」

娘は昔から自分のことはなんでも自分で決めて、しっかりとことを進めるという手のかからない子だった。だから、放っておいても間違ったことはしないという安心感があった。その分余計に、裏切られたような気分になる。

やっぱり東京へ出さずに、手元に置いておけばよかったのだろうか。

美咲は地元の女子高を卒業し、東京の女子大へ入った。ひとり娘を東京へ出すのは、正直、辛い思いがしたものだった。ただ、二時間も電車に乗れば帰ってこられる。そう自分に言い聞かせ、渋々ながら送り出したのだが……。

「そうよ、帰ってこられなかったら電話で話してくれてもよかったのに」と、妻が不満げに言う。

娘は妻と電話やメールのやり取りはしていた。たまに、孫の写真を送ってくることもあり、私はそれを妻から見せてもらった。

「で、そもそも離婚の原因はなんなんだ」

「ま、いろいろ」

「そんな説明じゃ分からん」

「少なくとも、私に非がある訳じゃないから」

美咲は、小学校に上がった頃から活発になった。そして、親の欲目を差し引いても器量よしだ。友人、知人から〝美咲ちゃんは明るいし美人だし、うちの嫁にほしい〟とよく言われ、私は密かに鼻高々だった。そんな自慢の娘をかっさらったのが、娘より三つ年上の梶岡《かじおか》だった。年頃の娘に恋人がいてもおかしくはない。その存在にも薄々は気づいていた。彼が家に来ることになったとき、ついにそんな日がきてしまったかと覚悟したものだ。

「会社の業績は問題なく成長してます。近々、上場することになるでしょうね。美咲さんにも楽な生活がさせられると思うんですよ」

梶岡は、国立大学在学中に仲間と会社を立ち上げたのだという。インターネットで広告を扱うとかなんだとか説明されても、私には縁遠い世界の話でよく分からなかった。

世間ではそういう輩《やから》がもてはやされ、時代の寵児《ちょうじ》として扱われていることは知っていた。が、容姿や物言いも含めて虫が好かなかった。なにしろ結婚相手の親に挨拶《あいさつ》するという日に、ジーンズにポロシャツ姿で現れたのだから。人は見かけではないとはいうものの、やはり、ここ一番の礼節というものがある。古いと言われればそれまでの話だが、うちでは通用しない。

勿論、私は色よい返事をしなかった。それでも最後は娘の説得に折れたのだ。しかし、こんな結末になるとは……。

「大体、お前の亭主もなってない」

「元、亭主」娘が言い直す。

「あの、メガネ……」と言いかけてやめた。

銀のフレームの眼鏡をかけ、色白でひょろひょろと背が高かったので、その印象から、私は陰で梶岡のことを〝メガネもやし〟と呼んでいる。

「まあなんだ、その元亭主にしたって随分と偉そうなことを言ってた割には、このザマとは。あ、そういえば向こうの親はどうなんだ」

メガネもやしの両親とは、結婚式以来顔を合わせたことはないが、盆暮れには地元、広島の名物を贈ってくれるような人たちで、まともな親なのかもしれない。

「さあ、知らない」娘はあっさりと答えた。

呆れた。これじゃ他人様《ひとさま》の息子の礼儀を云々《うんぬん》できる義理じゃない。

「だって、麻季のことに口出しでもされたら面倒だし。でも親権は私に決まったから」

私たちにとって麻季は大事な孫である。だが、向こうの両親にとっても同じことだ。しかも立場でいえば、向こうは内孫になる。確かに口出しされたらややこしくなるだろう。義理を欠いても、ここは娘の言う通りかもしれない。

「え、ちょっと待って、じゃあ、あなたたち、今どこで暮らしてるの」

妻に言われて、はたと私も思い至った。

「あのマンションにいるよ。梶岡が出て行ったから」

「ああ」妻はほっとした表情を浮かべた。

中目黒にマンションを購入し、親子三人で暮らしていた。私たち夫婦も一昨年《おととし》の春、一度だけ訪ねたことがある。丁度、桜の頃で、五階の部屋からは目黒川に沿った満開の桜を見下ろせた。マンションの豪勢なエントランスを見れば、それなり、いや結構な値段の物件であることは、田舎者の私でも見当はついた。これだけの稼ぎがあるなら経済的には問題がないのだろうと思いつつ、それが単に見栄の上に成り立っているものではないかと疑う気持ちもあったが……。

私たちが訪ねることが分かっていながら〝メガネもやし〟は留守だった。梶岡が私のことを苦手、いいや煙たがっていたのだろう。

「まいっちゃうわ、土日も仕事。でも、仕事がないよりいいけどね」

私が言いたいことを察したに違いない、娘はぎこちなくそう笑った。

今にして思えば、既にあの頃から娘夫婦の仲はおかしなことになっていたのかもしれない。あの笑顔は私たち親を心配させまいとしたものだったか。

「まったく、だから言ったんだ。あいつは虫が好かんって」

「しょうがないじゃない、今更そんなことを言っても。蒸し返さないでよっ」

「だけど、麻季のことがあるだろう。だいいち、どうしてお前が側にいてやれないんだ?」

「仕事があるじゃない」

大学を卒業して、娘は大手ビール会社に入社し、広報部で働いていた。梶岡とは仕事を通じて知り合った。結婚後も仕事を続けていたが、麻季の出産で休職。その後、職場復帰した。

「この六月に、広報部から異動になったの。会社直営のレストランを開発する事業部で、私は主任になった。うちは男女差別のない会社だから、結果次第ではもっと上に行ける。でも時間が自由にならないの。今、正念場なのよ。だから、簡単に休んでられないの」

「だからといって、麻季に淋しい思いをさせてまで働く必要があるのか」

「もういい。そんなに嫌ならいい。もう頼まない」

娘は立ち上がると「麻季、帰ろう」と孫を呼んだ。

しばらく会わない内に、娘はギスギスした子になってしまったようだ。

「待ちなさい。まあ、仕方ない。だけど、父さんは決していいことだとは思ってないぞ」

他人様からは甘い親と非難されるかもしれない。それに娘の言い分に納得した訳ではないが、孫のことを考えれば娘たちを追い返すことなどできない。結局、孫を預かることにした。

孫との生活は楽しいが、正直、骨が折れることもある。何より、その動きのスピードに追いつけないのだ。

「男の子だったら、とてもじゃないが面倒なんて見られなかっただろうな」

だが、しんどいなりに喜びも大きい。小さな子がひとりいるだけで、家の中が賑やかで華やかなのだから。

ただ、その一方で、孫は淋しさを私たちに悟られまいとして、健気《けなげ》にも明るく振舞っている様子が窺える。不憫《ふびん》でならない。

外にでも連れ出してやれば気も紛れるだろうが、この猛暑の中では熱中症にさせてしまうかもしれない。市営のプールで遊ばせるという手も考えたが、一緒に水に浸かるというのもしんどい。それに、孫をほったらかしにして日陰で休んでいる訳にもいかないだろうし。この子には可哀想だが、精々、近所の甘味処で、かき氷でも食べさせるくらいしかできない。

「母さん、ビニールのプールはなかったかな」

「え、ああ。もう何年、いいえ、美咲が小学校に上がる前にだめになっちゃったんで、さすがに捨てちゃいましたよ」

そりゃあそうだ。三十年近く前のものが残っているはずもないか。新しいビニールプールを買ってこよう。

妻は妻で食事のことで頭を悩ませていた。何を食べさせていいものか毎食思案している様子だ。

「麻季ちゃん、何食べたい?」

「ハンバーグ、カレー、それから……」

私たちの世代は、還暦を過ぎたとはいっても昔のような老人ではない。ハンバーグもカレーも食卓に上らないという訳ではない。ただ、続けざまにそういうものが出ると、やはり胃がもたれる。でも、妻が何より困ったのは「それから、チキンライス。ママがプーさんの形にしてくれる」という返事だ。

プーさんなど、きっと麻季にしてみれば実はどうでもいいのだ。切ないのはママの味が恋しいと分かっているからだ。

「なあ、麻季のことなんだけど」

麻季を預かって一週間が過ぎた晩。孫が寝ついた後、テレビのニュースを見ながら妻に話しかけた。

「いっそのこと、オレたちの養女にするか」

単なる選択肢をあげただけだ。その先にどんなことが待っているとか、どんな不都合や大変さが待ち構えているなどということは深く考えてはいない。

「でも、私たちも年ですからねえ。一ヶ月くらいなら面倒を見られても、これからずっととなると……。ちょっと自信がないわ」

「お前は、麻季が不憫じゃないのか、可愛くないのか」

妻の心情は分かっているつもりだし、いちばん不憫なのは実母と別れて暮らすことだとも分かっているのだが、ついかっとなってしまった。

「いや、すまん。だけどな、仕事が忙しいとかなんとか言って、ロクに面倒も見られないようじゃ……。麻季が東京へ戻っても、生活が荒れてるようじゃなあ」

昨今のニュースで、若い母親の育児放棄が大々的に報じられ、社会問題のひとつになっている。娘が何かの弾みで、そうならないとも言い切れない。離婚というものがきっかけなら、既にそちら側に足を踏み入れていることになりはしないか。

「もし、そういうことになると、このビルのことも真剣に考えなくちゃならないですね」

妻は住み慣れた我が家の天井や壁に目をやった。


私の父は戦後しばらくして本町商店街の一角にレコード店を開いた。

父は戦前、東京の出版社に勤めていたのだが、赤紙がきて徴兵された。終戦を迎え、復員して社に戻ってみたものの、すっかり事情は様変わりしていて、自分より年下の人間が上の役職に就いていた。昔、晩酌で酔った拍子に「お国のために戦地に行って、命からがら戻ってくれば、オレの机なんかありゃしない。ばかばかしくなって辞めた」と愚痴ったことがある。

父は故郷に戻り、商売を始めたのだ。書店ではなくレコード店だったというのは父の意地であったかもしれない。

店の入り口の脇には、小学生の私と同じくらいの背丈をした大手レコードメーカーのマスコットである犬の置物が置かれていた。その犬の背中に跨《また》がって、よく父に叱られたものだ。

昭和四十年代に入ると、目抜き通りが拡張され、商店街は東西南北に広がり始めた。商店街の賑わいは、思えばあの頃がピークだった。

店の経営は順調であり、父は店を五階建てのビルに建て替えた。一階、二階はレコード、三階は楽器売り場。そして四、五階が家族の住居。四階は各々の個室で、五階に四畳半の和室とＬＤＫ。その居間の前は屋上テラスになっていて、ちょっとした庭園の趣《おもむき》だ。

昔はこの屋上から打ち上げられる花火が見えた。

八月の第一土曜日、渡良瀬《わたらせ》川の河原で花火大会が開催される。明治後期から続く伝統のある行事だ。夜空を焦がす尺玉は、ずっとこの街の夏の風物詩なのだ。近在の親戚が集まり、飲み食いをしながら賑やかに花火見物をした。ところが十年も経った頃、前方にもっと高いビルが建ち、半円の花火しか見えなくなり、がっかりしたものだ。

屋上テラスは、私にとって花火を見た以外にも思い出深い場所だ。そこでよくギターの練習をした。

物心ついたときから身近に音楽がある。ビートルズなど当時の若者の心を揺さぶる音楽も流行《はや》っていた。高校生になった私がギターに手を伸ばしたのは自然の流れというものだ。当時はギターを弾くだけで不良と呼ばれたような、今から思えば信じられない時代だった。だが、父は家業のこともあったせいか、私を一度も咎《とが》めることなどなかった。

「好きなことはやればいい。そういうことができる時代だ」

私はすっかりギターに熱をあげ、勉強が手につかず、結果、大学受験に失敗した。いや、ギターのせいではない。どこか、オレはレコード屋を継ぐんだから、という気持ちがあったせいだろう。それは決して嫌々ということではなく、むしろそう望んでいた。

店を手伝うようになり、二十代の半ば、中学の同級生だった伊津子と結婚。店の経営は私たち夫婦が中心になり、半ば隠居した父は街の世話役を務めながら、ときどき母と連れ立って鬼怒川《きぬがわ》温泉に出かけるなどして晩年を過ごした。

平成に入ると、郊外に進出した大型ショッピングセンターに客を奪われ、本町商店街には人影が少なくなった。それはうちの店も同様だった。

そして十年前、突然母が他界し、後を追うように父もまた逝った。

父母が生きている間は、売り上げが落ちても店を続ける気持ちでいたのだが、潮時だった。

古くなったビルを改装して貸店舗にした。「貸しビル業で悠々自適だね」などと言われるが、そんなに大層なものではない。ここ数年、いろんな業種の店が入るものの、不景気のせいか、なかなか根付くこともない。それでも私たちが暮らしていくだけの収入があることには感謝せねばならない。

今年の春先、この土地を買いたいという話が舞い込んだ。オフィス仕様の新しいビルを建てるということだ。買い物客の往来は減ったが、企業の営業所としての需要はある。

「売却して、もっと郊外に平屋の家でも建てるか」

そんな話を妻としていたとき、娘が孫を連れてきたのだった。

娘からは毎晩、家に電話が入った。

——麻季はどう?

――そんなに心配なら、一緒にいてやれ。

たまたま私が出たとき、つい強めの口調で叱った。

「お父さんも、そんな言い方をしなくてもいいのに」と妻から咎められた。

それからというもの、娘は妻の携帯電話に直接かけるようになり、妻が孫に取り継ぐようになった。

「はい、麻季ちゃん、ママから」

「はーい」

母親からの電話を毎晩待ち焦がれているのだ。妻に駆け寄る姿を見ていると、無性に切なくなる。と同時に、やはり娘に怒りを覚える。

――うん、麻季ね、いい子にしてるよ。

携帯を握りしめる孫の声に、ついつい聞き耳を立ててしまう。

――うーん、今日はね、ジィジとかき氷食べに行ったんだよ。イチゴにミルクをとろーってかけてもらった。それからね……。

孫は次から次へと言葉を繋ぐ。電話を切られないように必死なのだろう。

――ねえ、ママ……。ママ、花火大会一緒に行ける?

急にか細い声になって孫がそう尋ねる。

――ホント、約束だよ。あのね、ジィジに綿アメ買ってもらうんだ。ママもほしい？

孫の顔がぱっと明るくなった。娘は帰る約束をしたのだろう。だが、糠《ぬか》喜びをさせる結果にならなければいいが……。

商工会議所の集まりの後、強烈な歩道の照り返しに喉が渇き、ペットボトルのお茶を買いにコンビニに立ち寄った。小銭を用意するレジ前で、棚に置かれた花火セットが目についた。そうだ、あの子と一緒にやろう。

「麻季ちゃん、花火買ってきたぞ」

「わーい」

子どもらしい反応で喜んでくれると、自分でも目尻が下がるのが分かる。

「麻季ちゃんは、こういう花火したことある？」

孫は大きく頭を振った。

そうだろうな。あのマンションではそれも無理か。道端や公園でやったとしても、うるさい住民がいれば、一一九番へ通報されてしまうような時代だ。それはこの辺りでも同じだ。ビルから煙が立ち上れば、勘違いをする者もいるかもしれない。が、今夜は適度な風もある。経験からすれば、煙も散ってくれるはずだ。何も打ち上げ花火をしようというのではないし、続けざまに火を点けなければ大丈夫だろう。

夕食のそうめんを食べた後、花火をすることにした。テラスに敷かれたタイルは、まだ熱を持っており、ホースを引っ張り出して打ち水をした。打ち水と呼ぶには風情《ふぜい》が足りず、ジャージャーと音を立てての噴水だ。

青いバケツに水を張って、孫と並んで縁台に座った。

ビニール袋から花火を取り出す。持ち手の柄《え》の部分だけでなく火を点ける先までセロハンテープが貼られ、台紙にくっつけてある。なんだか雑な仕上げだ。テープと花火が絡まってしまって、テープを剝がすのにもひと苦労する。

麻季が扱いやすそうな手持ち花火を選《え》り分け、その内の一本を握らせる。

「ちゃんと持って」

「うん」

細長いライターで、紙縒《こよ》りの先に火を点けると、勢いよくシュウシュウと鮮やかな色の火を噴いた。

脇で見ていた妻が「きれいねえ」と言いながら、カメラを孫に向けた。

「ジイジ、あさって、おっきい花火を見に行くんだよね」

「ああ、そうだ。こんなにでっかい花火が頭の上で広がるぞ」

私は頭の上で両手をいっぱいに広げて円を描いてみせた。

「音だって、ドーンって鳴るんだぞ。びっくりするからな」

「きゃー、すごーい、あははは」と、孫は耳を塞ぐ真似をしてはしゃぐ。

「麻季ちゃんは、おっきい花火、どこかで見たことあるの」妻が尋ねる。

「うん、ディズニーランド」孫が元気に答えた。

「ママとパパと、うーん、年少さんのときに行ったよ」

ディズニーランドか。それも悪くはないだろうが、花火大会というものはそういうものではない。なんといっても風情が大事だ。それを麻季にも味わわせてやりたい。

「そうかあ、でも今度の花火はもっとたくさん上がるぞ。仕掛け花火もあるし」

「ん？　仕掛けって……」

二万発打ち上げられる花火大会のクライマックスは、河川敷に長く組まれた櫓《やぐら》からナイアガラの滝のように火が噴き出すのだ。それを麻季にも分かるように説明した。

「ママ、ちゃんとお迎えに来るかなあ」

孫の表情が心配そうに曇る。孫にとっては、きっと花火は二の次であって、やはり母親と会えるかどうかが気がかりなのだろう。こんな小さな子にそんな思いをさせて、美咲のやつ。腹立たしさを感じたが、それを口に出す訳にはいかない。

「ああ、ママ、絶対に帰ってくる」

「やったー」

「そうしたら、四人一緒に橋の辺りでおっきい花火を見よう」

美咲が小さかった頃、店を夕方に閉めて両親も一緒に、五人で河川敷へ出かけたものだった。娘は音の大きさに驚いて、抱っこした私の首にしがみついたままだった。

花火大会の帰り道、立ち並ぶ露店で綿菓子を買ってやると、ようやく笑顔をみせた。そして、おんぶした私の背中で寝入ってしまったことが懐かしく思い出される。

「美咲の浴衣姿は可愛かったなあ。危ないって言うのに下駄を履いたままぴょんぴょん跳ねたりして」

私がそう呟くと「ああ、そうだ。美咲の浴衣がどこかにあったはず……」と、妻が手を打った。

それから深夜まで、妻とふたりで汗だくになって押し入れの中を探した。

白地にピンクと水色の花柄。髪をアップにまとめた孫の浴衣姿。長い睫毛《まつげ》とくりっとした目は、あの頃の美咲に瓜ふたつだ。

「麻季ちゃん、出かけよう」

花火が打ち上げられる時刻になっても、娘は姿を現すどころか連絡さえしてこない。

「でも、ママが……」

「ママは、後から必ず来るから。ほら、ジィジ、ケータイ持ってるし、ママと連絡なとれるからね。それに花火の場所は駅の方だから、途中で会えるかもしれないよ」

なんの根拠もない話だ。これで娘がやってこなければ、どれだけ落胆させてしまうか。

「さあ、行こう」

なかなか動こうとしない孫の背中をポンポンと叩《たた》いて、玄関で赤い鼻緒の下駄を履かせた。

渡良瀬川へ続くほとんどの道路は車両通行止めとなっている。

夕闇に空が覆われる頃、大気を揺るがす大きな音が響き渡った。

「ほら、始まった」

人込みの中を縫うように、孫を真ん中にして、三人で手を繋いで歩く。ふと、手を繋ぐ温もりに美咲と歩いているような錯覚を起こす。

日が暮れてもなかなか気温が下がらず、首筋辺りに汗が噴き出してくる。妻が、孫の首筋や額の汗をタオル地のハンカチでまめに拭《ぬぐ》う。

橋の近くにたどり着くと、川面《かわも》を渡ってくる風が、幾分涼しく感じられた。

シュポン、ヒュルルルル、ドカーン、チリリリリ。花火が夜空を照らす度に、あちらこちらから歓声と拍手が沸き起こる。赤、橙《だいだい》、黄色、青、緑、そして金色。空を染める鮮やかな色が、それを見上げる見物客たちの顔も彩る。

なのに、ふと気づくと孫は、人込みの中に視線を向けている。美咲の姿を探しているに違いない。

「おい、携帯にかけてみろ」

娘に連絡をとってみろと妻を促したが、妻は携帯を耳から離すと無言のまま首を横に振った。何をやってるんだ、美咲のやつは……。

「麻季ちゃん、凄いねえ？　ディズニーランドとどっちがきれいだ？」

他愛《たわい》ない問いだとは分かっているが、気を紛らわせてあげようと思って口にしてしまう。

「うーん、こっち」

孫もきっと私たちに気を遣っているのだ。精一杯の笑顔を向けて、枝垂《しだ》れ柳の花火を指差した。

「よーし、ジィジが抱っこしてやろう。もっとよく見えるぞ」

花火を背景にした私たちに、妻がケータイのカメラを向ける。そんな一枚がしあわせな想い出になってくれればよいが。

結局、美咲は花火大会がフィナーレを迎えても現れなかった。

「綿アメ買って帰ろうか。そうだ、ママの分も買おう」

綿アメの入ったビニール袋をふたつ受け取ったときだけ、孫は笑顔をみせた。それで少しばかり救われた気になったが、帰りの道のりは、孫にとって長いものに感じられたに違いない。

家に戻って、妻が孫を風呂《ふろ》に入れた。

「麻季ちゃん、出ますよ」

妻の呼ぶ声に、私は脱衣所でバスタオルを用意して待つ。

風呂場から出てきた孫の身体《からだ》をざっと拭き、パンツを穿かせると、タオルを頭から掛けてエアコンの効いた居間へと移った。

こうして濡れた髪の毛を拭いてやっていると、なんとも懐かしい匂いがする。店番があったので、なかなか美咲の相手をしてやれなかったが、水曜の定休日には、一緒に風呂に入ったものだ。

「ねえ、ジイジ。ママ、帰ってこなかったね」

その落とした小さな肩が淋しい胸の内を代弁している。なんと声をかけてあげればよいものか。

浅草発の〝りょうもう号〟は、まだこれから到着するものもあるはずだが、もうアテにはならない。こうして麻季との約束を守れないようでは、美咲は母親として失格だ。

「まったく、ママは困ったもんだな。今度、ジィジが怒ってやろう」

「だめっ」孫が血相を変えた。

「ん？」

「それってけんか？　ジィジ、ママのことぶつ？」孫が上目遣いに不安そうに私を覗く。

「ジィジが、ママのこと殴る訳ないじゃないか」

「パパは、ママとけんかすると、ママのことぶったんだもん」孫は涙目になる。

瞬時にして血が頭に上った。なんだと、あのもやし野郎、美咲に手を上げたのか。が、孫の手前、かろうじて声に出すことを堪《こら》えた。離婚理由の〝いろいろ〟とは、そういうことも含まれているのか。

私は深呼吸をすると「ジィジは、そんなことはしないよ。大丈夫だから」と孫の頭を撫《な》でた。

麻季は目をぱちくりさせると、ほっとしたように頷《うなず》いた。

髪にドライヤーをかけ、パジャマを着せたとき、妻が風呂から上がってきた。

「さぁて、そろそろ寝ましょう」

和室に敷かれた布団に、妻が孫を手招きする。麻季を預かってから、私たちは寝室で寝ずに、この和室で休むようにした。

孫は綿アメの袋を枕元にふたつ並べて置いた。家に着いてから「食べないのか」と訊くと「ママと一緒に食べるから」と封を切らなかったのだ。朝までもてばいいが。

「さて、オレも風呂に入ってさっぱりするか」

「ジィジ、おやすみ」

「おやすみ。また明日ね」

私は孫に手を振って、風呂場に向かった。

風呂から上がり、冷蔵庫から缶ビールを取って和室を覗くと、妻と孫は深い寝息を立てていた。

人込みを歩いたせいなのか、いや母親を待ちくたびれたのだろうか。タオルケットの端っこを抱えながら、孫は身体をくの字に曲げてぴくりともしない。

居間の照明を半分落として、ビールを飲み始めたときだった。背後のドアの開く気配がした。

「ただいま」

薄いグレーのスーツを着た美咲が入ってきた。

真っ先に怒鳴りつけてやりたいところだったが「しっ」と、私は唇に人差し指を当て、和室に目を向けた。

娘はこくこくと頷き、そっとドアを閉めた。

「帰ってきたのか。それならそれで……」

娘は、私の言葉を途中で遮って「仕事でトラブルがあって、花火に間に合う電車に乗れなかったのよ」と答えた。

「だったら、連絡くらい……」

「充電切れ」娘は手にしたケータイを振ってみせた。

「それにしてもな……」

そう言いかけると娘は手のひらを私に向けて「分かったから。小言なら、後でまとめて聞くし。まずは私にもビールをちょうだい」と、冷蔵庫へ向かった。

プルトップを引く音に続いて喉を鳴らす音が聞こえる。

「ああっ、生き返る。やっぱり、うちの会社のビールは美味《おい》しいわ」

「美咲、ちょっと外に出るか」私はテラスを指差した。

「いいけど」

このままヒソヒソ話をするのも気疲れする。

私がサンダルを履いてテラスに出ると、上着を脱いだ娘が後に続いた。

「ガラス戸、しっかり閉めろよ」

「はいはい」

「そこに座れ」

「お手柔らかに頼みます」

縁台に並んで腰掛けた。表は風が吹き抜けて、思ったより涼しかった。

「お前な、麻季がどれだけ楽しみに待ってたか」

「だから、理由は言ったじゃない。でも、ごめん……。物凄くがっかりしてた？」

「花火そっちのけで、お前を探してたぞ。それに綿アメ、お前と一緒に食べるって、ひと口も食べなかったぞ」

娘は俯《うつむ》いて黙ると、缶の縁を指でなぞった。その横顔を改めて見ると、少しやつれたようだ。

「お前、疲れてるんじゃないのか」

「え、ああ、私なら大丈夫。まあ、ちょっとバテ気味だけど、ま、なんとか」

そう言って笑うものの、明らかに無理しているのが分かる。

「そんなことで、この先、麻季を抱えながらやっていけるのか」

「やっていかなきゃいけないでしょ。とか言ってみても、もうお父さんたちに迷惑かけちゃってるから説得力ないね。でもさ、負けたくないんだよねえ、あいつに」

「あいつって、メガネ……、いや」

「ふん。お母さんから聞いてるよ。梶岡のことそう呼んでるって。そう、メガネもやしに負けたくないんだよ」

娘は顔を上げると、夜空の遠くへ視線を向けた。

「あいつ、普段は虫も殺せないって感じの男なんだけど、自分の思い通りにならないことがあると突然キレちゃって……」

「手を上げられたのか」

「え？　まあ、そういうことも……。でも、それだけじゃなくてさ、女がいたのよ。女優らしいけど、名前も知らない三流どこだっていうから呆れちゃう。ITとかの連中が開くパーティには、そういうのが群がってくるから。まったく。っていうか、気づかなかった自分が情けないやら、腹が立つやらで。で、あいつ、バレたら逆ギレして、また……」

娘は苦笑いしながら目を伏せると、頬《ほお》の辺りを摩《さす》った。

「DVで訴えてやるって脅したのよ。そしたらビビっちゃって慰謝料代わりにマンション渡すって。あったり前じゃない、それくらい。でも、養育費は要らないって断っちゃったんだ。だって、あいつから貰《もら》ったお金で麻季を育てるなんて、なんか、麻季とあいつが繋がってるみたいで嫌でしょ。私にしたら、それって敗北感アリアリだもの。だけどさ、今になって、ちょっと格好つけ過ぎたかなって弱気になったり」

娘は缶に残ったビールを飲み干した。

「麻季はきっと、全部分かってる気がする。ちょっと怖くて訊けないけどね」

娘の言う通りかもしれない。子どもは親のことを意外にしっかり見ているものだ。

「それにしても、私の人生は上々だと思ってたんだけど、まさか男で躓《つまず》くなんて。だからさ、仕事頑張んないと」

「母さんに、東京に行ってもらうか。そうすれば、いくらか安心して仕事もできるだろうし」

「ありがとうね。でも、そんなことしてもらったら、お父さんが飢え死にしちゃうじゃない。お父さんって、料理、何もできないんだから」

「なーに、料理くらい……。それになんだって売ってるしな」

「うん、そうだね。でも、ちょっと落ちついたら、麻季とふたりで頑張ってみる。ただ、たまに援軍のお願いするかもしれないけど」

「うん、ああ、まあ、そんなことは気にするな」

「ごめんね、お父さん……。心配かけちゃって」

「まったくだな、大バカ娘を持つと大変だよ。でも、そんな娘だって、いくつになっても心配だし、それに……それに可愛いもんなんだ」

東の方角からパトカーのサイレンが近づき、すぐに西の方へ消えた。ざわめきが収まると、私たちの周りを再び静けさが包んだ。

「あれ、花火やったの」

娘がその静けさを嫌ってか、サボテンの棚の上にあるビニール袋を指差した。

一昨日《おととい》の晩、片付けを忘れていたのか。

「もう、線香花火しか残ってないね」

「線香花火は地味だから、いつも最後に余っちまう運命だな」

「私は好きよ」

「そうか、じゃあ、やってみるか」

私は袋の中から、ひと束の線香花火を取り出すと、丁寧に帯封を解き、一本ずつに分けた。

「昔、おじいちゃん、おばあちゃんも一緒に花火したよね」

「ああ、そんなこともあったな」

ふたりでしゃがみ込むと、娘がつまんで持つ花火に私が火を点けた。赤い玉ができると、すぐにバチバチと四方に火花を散らし始めた。

「きれい」

娘のその声が孫の声に似ていて、なぜか嬉しくなった。

「そういえばこの間、新聞に花火問屋さんの記事が載っててな。線香花火っていうのは起承転結があるそうだ。火花の散り方が四段階あるんだって」

「へー。でも、そんなに変化したっけ」

「ああ、父さんも気がつかなかったけど、あるらしい。で、それぞれに名前がついていて、そうだ、確か〝牡丹《ぼたん》〟〝松葉〟〝柳〟〝散り菊〟って書いてあったかなあ。最初に火がついて丸まった玉ができるだろう、それが牡丹。バチバチッって勢いがよくなるのが松葉。一番の見所ってところかな。松葉というより、父さんには彼岸花に見えるけど……。それでな、最近売られてる花火は、ほとんどが中国産で、バチバチッて火花を出したかと思うと、急に静まって、すぐに玉がぽとりと落ちてしまうそうだ。でも、国産はそこからもうひと頑張りがあって〝柳〟になって、そして最後に〝散り菊〟と変化する。四枚の写真が載ってたから、なるほどって思ったもんだよ。さすがに国産は違うなあ。職人技っていうのは素晴らしいもんだ」

「ビールだって同じよ、メイド・イン・ジャパンは最高なんだから」

「なあ、美咲……」私は次の花火に火を点けながら呼びかけた。

「ん？」

「父さんが子どもの頃、束ごと線香花火に火を点けたら、派手に火花を散らすんじゃないかって試したことがあってさ。だけどな、火花が散るどころか、火の玉が重くてすぐに落ちて消えちまった。物事っていうのはよくできてるんだよ。面倒でもちゃんと一本ずつ火を点けなきゃ本来の力を発揮できないものもあるんだって知ったよ」

「そうなんだ」

「父さん、間違ってたかもしれんな」

「ん、何が？」

「つい離婚なんかしやがってと、お前を叱ったが、お前なりに考えての結論だったんだから、それでよかったのかもな」

「お父さん……」

「この花火と同じで、無理からに束ねてみてもうまくはいかない。だから、あんな男と我慢してまで添い遂げなくてよかったんだ……ってそう思う」

娘が小さく頷く。

「まあ、お父さんたちの人生はさしずめ〝柳〟か〝散り菊〟ってところだが、お前たちは、まだまだ〝松葉〟だ。これから、いくらでも光を放てる」

「うん、そうだね。でも、お父さんたちだって、まだまだだよ。ううん、元気でいてくれないと甘えられないもの」

そう言いながら娘は私の後ろに回り、背中に抱きついてきた。

「おいおい」

バランスを崩して危うく尻餅をつきそうになる。

「昔、うちはお父さんもお母さんもお店で忙しそうにしてたから、小学校に上がったとき、自分のことは自分でしっかりやんなきゃって思ったんだ」

もしかすると、甘えたかったのに、それをさせてあげられなかったのかもしれない。

「お父さんの背中で、もう一度、大きな花火が見たかったなあ」

と、背後から「ジィジ」と私を呼ぶ声が聞こえた。振り向くと、パジャマ姿の孫が目を擦《こす》りながら立っていた。

「麻季っ」

「あ、ママだっ」

娘が広げた腕の中へ、孫は駆け寄った。娘が孫をきつく抱きしめる。この線香花火は束にしても、落ちて消えたりはしないだろう。ふたりの姿に、ふとそんな気がした。

底本一覧

「出発」　『再生』角川文庫　二〇一二年刊
「私と踊って」　『私と踊って』新潮文庫　二〇一五年刊
「アイスクリーム熱」　『愛の夢とか』講談社文庫　二〇一六年刊
「給水塔と亀」　『浮遊霊ブラジル』文春文庫　二〇二〇年刊
「愛してた」　『おばちゃんたちのいるところ』中公文庫　二〇一九年刊
「決して見えない」　『地下街の雨』集英社文庫　一九九八年刊
「太陽」　『獣の夜』朝日新聞出版　二〇二三年刊
「父の背中で見た花火」　『家族の分け前』双葉文庫　二〇一二年刊

双葉文庫

え-10-04

1日《にち》10分《ぷん》のときめき
ＮＨＫ国際放送《こくさいほうそう》が選《えら》んだ日本《にほん》の名作《めいさく》

2024年2月14日　第1刷発行

【著者】
石田衣良《いしだいら》　恩田陸《おんだりく》　川上未映子《かわかみみえこ》　津村記久子《つむらきくこ》
松田青子《まつだあおこ》　宮部《みやべ》みゆき　森絵都《もりえと》　森浩美《もりひろみ》

【発行者】
箕浦克史
【発行所】
株式会社双葉社
〒162-8540 東京都新宿区東五軒町3番28号
［電話］03-5261-4818(営業部)　03-5261-4831(編集部)
www.futabasha.co.jp（双葉社の書籍・コミックが買えます）
【印刷所】
大日本印刷株式会社
【製本所】
大日本印刷株式会社
【カバー印刷】
株式会社久栄社
【DTP】
株式会社ビーワークス

【フォーマット・デザイン】
日下潤一

ISBN978-4-575-52726-1 C0193
Printed in Japan

双葉文庫　好評既刊

NHK国際放送が選んだ日本の名作 1日10分のしあわせ

朝井リョウ　石田衣良
小川洋子　角田光代
坂木司　重松清
東直子　宮下奈都

NHK WORLD-JAPANのラジオ番組で、世界各国の言語に翻訳し朗読された作品のなかから、人気作家八名の短編を収録。几帳面な上司の原点に触れた瞬間。独り暮らしする娘に母親が贈ったもの。夫を亡くした妻が綴る日記……。異国の人々が耳を傾けたショートストーリーの名品が、一冊の文庫になってあなたのもとへ――。記念すべきシリーズ第一弾！